Passion en Malaisie

CAROL MARINELLI

Passion en Malaisie

Traduction française de
ELISABETH MARZIN

AZUR

HARLEQUIN

Collection : Azur

Titre original :
BRIDE UNDER CONTRACT

HARPERCOLLINS FRANCE
83-85, boulevard Vincent-Auriol, 75646 PARIS CEDEX 13
Service Clients — https://www.harlequin.fr/contenu/contactez-nous
ISBN 978-2-2805-1599-3 — ISSN 0993-4448

Édité par HarperCollins France.
Composition et mise en pages Nord Compo.
Imprimé en mars 2025 par CPI Black Print (Barcelone)
en utilisant 100% d'électricité renouvelable.
Dépôt légal : avril 2025.

FSC www.fsc.org MIXTE Papier issu de sources responsables FSC® C159065

Pour limiter l'empreinte environnementale de ses livres, HarperCollins France s'engage à n'utiliser que du papier fabriqué à partir de bois provenant de forêts gérées durablement et de manière responsable.

Prologue

— Je crois que ça ne va pas aller...

Grace Andrews, un short rouge délavé à la main, regardait sans les voir les hauts défraîchis étalés sur son lit. Violet, son amie et colocataire, qui était en train d'examiner la liste des « articles indispensables », répliqua d'un ton léger :

— Tu vas abîmer tous tes vêtements, de toute façon. Tu en achèteras d'autres après le séjour dans la forêt tropicale.

Elle leva les yeux et se mordit la lèvre à la vue de la mine anxieuse de Grace.

— Mais ce n'est pas de ça que tu parles, n'est-ce pas ?

Grace secoua la tête. Non, en effet... Elle avait toutes les raisons de ne pas partir.

— Au lieu de faire ma valise, je devrais être en train de chercher un autre emploi. Ce n'est pas pratique pour toi que je travaille à domicile.

Violet haussa les épaules.

— Ça m'est égal. Je suis à la bibliothèque toute la journée... Mais il est vrai que tu as des horaires insensés.

— J'ai l'habitude de travailler la nuit, commenta Grace.

C'était vrai. La saisie de données n'avait rien d'excitant, mais ce job lui permettait d'aménager ses horaires à sa convenance, alors que la santé de sa mère se détériorait. Mais ce n'était pas bien payé et à long terme ça ne suffirait pas à couvrir les frais de santé de sa mère.

Grace fit de la place sur le lit et s'assit. Deux ans plus tôt, elle avait réservé et payé un voyage d'un mois en Malaisie, qui commençait par cinq jours d'excursions fluviales au cœur de la forêt tropicale de Bornéo. La destination la plus improbable pour Grace qui n'était jamais allée plus loin que la France, à l'occasion d'un voyage scolaire. Ce n'était pas seulement le prix abordable du séjour qui avait retenu son attention. La richesse de la faune et de la flore, ainsi que la beauté de l'écolodge situé au bord du fleuve, avaient joué dans sa décision, bien sûr. Mais ce qui l'avait séduite avant tout, c'était l'éloignement et la perspective d'être coupée du monde pendant quelque temps.

Elle avait effectué son achat avant le diagnostic de démence de sa mère. À l'époque, elle était âgée de dix-neuf ans et elle avait juste remarqué des bizarreries dans le comportement de sa mère. Au fil du temps, la situation s'était aggravée, au point qu'elle avait abandonné sa formation d'enseignante et qu'elle avait quitté l'appartement qu'elle partageait avec Violet pour retourner vivre chez sa mère.

Ces vacances avaient été une perspective joyeuse à laquelle s'accrocher. Une sorte d'assurance que tout finirait par s'arranger. Ce qui n'avait pas été le cas. Violet lui avait apporté un soutien sans faille. Elles étaient amies depuis le cours préparatoire. Grace, la nouvelle de la classe après la séparation de ses parents, se cachait avec timidité derrière de longues boucles châtain foncé. Elle était en admiration devant Violet, élève très populaire au naturel enjoué qui s'accordait avec ses cheveux dorés. Mais pendant une récréation, elle avait vu des élèves se moquer de Violet parce que son père était en prison. Surmontant ses peurs, elle était intervenue.

— Laissez-la tranquille !

— De quoi tu te mêles ? avait lancé la meneuse d'un ton méprisant.

— C'est mon amie, avait rétorqué Grace en prenant Violet par la main.

En dehors d'un incident regrettable survenu juste avant le diagnostic de la mère de Grace, cette amitié n'avait jamais connu de failles.

C'était Violet qui avait soutenu Grace quand elle avait pris la décision déchirante de vendre la maison familiale et de placer sa mère dans un établissement spécialisé. Et c'était avec Violet qu'elle partageait de nouveau un appartement.

— Tu as besoin de ces vacances, plaida Violet d'un ton apaisant. Tu endures ça depuis...

— Des années, compléta Grace en hochant la tête.

L'annonce du diagnostic avait été douloureuse, mais les années antérieures avaient été très éprouvantes également.

— Maggie pense que c'est une bonne idée que tu ne voies pas ta mère pendant quelque temps...

Maggie, la directrice de l'établissement de soins, avait même été catégorique. D'après elle, le mois d'absence de Grace faciliterait l'adaptation de sa mère à sa nouvelle vie. Pour l'instant, savoir que sa mère ne cessait de la réclamer fendait le cœur de Grace.

— Je ne veux pas que maman se sente abandonnée, objecta-t-elle.

Elle connaissait trop bien le désarroi que provoquait ce sentiment... Combien de fois avait-elle guetté en vain le véhicule de son père derrière la fenêtre ? Parfois la voiture apparaissait, et il l'emmenait à la fête foraine ou au parc. Mais le plus souvent elle restait invisible. Finalement, sans aucune explication, il avait cessé toute relation.

— Écoute, je sais que je ne peux pas aller la voir...

La voix de Violet s'éteignit. Ni elle ni Grace ne voulaient faire allusion à l'incident qui avait mis leur amitié en péril, quand – avant son diagnostic – la mère de Grace avait accusé Violet de vol. Grace s'en voulait toujours terriblement d'avoir douté de son amie au lieu d'avoir le courage d'affronter la réalité et d'admettre que sa mère avait un problème.

— Violet...

Devinant visiblement qu'elle s'apprêtait à lui présenter de nouvelles excuses, Violet coupa la parole à Grace.

— Je te promets de veiller sur elle de loin. L'établissement est juste en face de la bibliothèque... Je prendrai de ses nouvelles auprès du personnel. Toi, il faut que tu fasses ce voyage. Tu as besoin de te changer les idées. Et puis, qui sait ? Tu rencontreras peut-être un homme fascinant... peut-être pas dans la forêt tropicale mais après, quand tu iras dans les îles...

— Je n'ai pas la tête à rencontrer l'amour, crois-moi.

— Qui a parlé d'amour ? Personnellement, je ne dirais pas non à une aventure torride. Juste pour échapper à la routine.

Grace pouffa, mais sans être dupe. Violet plaisantait. Elles se méfiaient toutes les deux des hommes, bien que pour des raisons différentes. Cependant, ces derniers temps, Violet semblait prête à aller de l'avant. Alors que de son côté elle se sentait... à la dérive. Comme si elle avait perdu de vue celle qu'elle était autrefois. Elle n'avait pas tout dit à Violet. Parce qu'elle ne voulait pas l'inquiéter ou peut-être parce qu'elle n'était pas prête à partager la vérité avec quelqu'un. Violet pensait que tout allait bien, mais l'argent qu'avait rapporté la vente de la maison ne durerait pas éternellement. Bientôt, elle n'aurait plus de quoi subvenir aux besoins de sa mère.

— Ne renonce pas à ces vacances, reprit Violet.

Grace soupira. En effet, elle ferait mieux d'en profiter. Cette chance ne se renouvellerait pas... du moins pas avant très longtemps. Alors autant tenter de rester sereine. Pour l'instant, sa mère était en sécurité.

Presque décidée, Grace jeta un coup d'œil à sa montre.

— Je vais lui apporter un gâteau et lui dire au revoir.

— Tu es sûre ? Ne risques-tu pas de semer encore un peu plus la confusion dans son esprit ? objecta Violet.

— Honnêtement, je n'en sais rien.

Mais une chose était sûre. Même si sa mère ne comprenait pas toujours tout, elle tenait à lui répéter qu'elle l'aimait et à lui dire au revoir de manière appropriée.

Son père n'avait jamais eu cette courtoisie.

1

— La discussion est close.

Carter Bennett mit fin à sa dernière liaison éphémère de la même manière que si c'était une réunion stérile ou une négociation dans l'impasse. Il se trouvait peut-être à Manhattan, mais il avait une longue expérience de la jungle. Et il avait appris à ses dépens que dans la jungle il n'y avait pas de loi. Il fallait ériger les siennes propres. Aujourd'hui il n'en avait qu'une seule. Il ne s'attachait jamais à rien ni à personne. Milliardaire nomade, il possédait des bureaux, des propriétés et des investissements dans différents endroits du monde entre lesquels il naviguait. Il avait quelques amis – qu'il qualifierait plutôt de connaissances de confiance – éparpillés à travers la planète. Mais pas de femmes. Pas de réserve de maîtresses disponibles. Il ne gardait jamais aucune relation avec ses ex. Que ses aventures durent une nuit ou quelques mois, la rupture était toujours brutale et définitive. Comme aujourd'hui.

— C'est terminé.

— Tu es un goujat, Carter.

— Absolument. C'est pour ça que je t'ai prévenue dès le début qu'il n'y avait rien à attendre de moi.

Il jeta un coup d'œil au magazine sur la couverture duquel ils figuraient en photo tous les deux. Il ne se souvenait même pas de l'occasion à laquelle elle avait été prise. Ses cheveux bruns étaient fraîchement coupés, mais ça n'était pas un indice étant donné qu'il allait chez le coiffeur tous les quinze jours. La cicatrice sur son front était toujours visible… Le costume provenait de son tailleur londonien favori… Ils sortaient d'un théâtre, ce qui n'avait rien d'exceptionnel non plus. Il était considéré comme un grand amateur de théâtre alors qu'en réalité il y emmenait ses maîtresses pour avoir la paix. D'abord un verre ou un dîner rapide, puis plusieurs heures – à l'exception de l'entracte malheureusement – sans conversation. Et fin de la soirée au lit. Quelle ironie… Sur la seule photo que les paparazzis avaient réussi à trouver pour annoncer leurs soi-disant fiançailles, il avait une mine renfrognée. Affirmer qu'ils avaient une relation était déjà exagéré, alors parler de fiançailles…

— Dès le départ, je t'ai avertie que je n'avais jamais de relations durables, rappela-t-il. C'est toi qui as choisi de suggérer le contraire dans une interview.

Il raccrocha et jeta le magazine dans la corbeille. Des deux côtés de l'Atlantique, les médias relayaient la rumeur selon laquelle le célibataire endurci le plus convoité de la planète était *enfin* sur le point de se caser. Jamais. Il était mort intérieurement. Il y avait un grand vide à la place de son âme. Un vide qui ne pourrait jamais être comblé. De l'argent, des femmes, une nouvelle voiture, une nuit au casino, une nouvelle propriété… tout cela n'apportait que des satisfactions fugitives. Quant à se caser, c'était une notion qui lui était tout à fait étrangère. Il n'y avait qu'une seule constante dans sa vie. Son travail d'architecte. Ses créations étaient tangibles, permanentes… Durables. L'intérêt des médias n'avait rien de nouveau. Il vivait avec depuis toujours. Carter Bennett avait fait les gros titres avant même d'être né dans une famille fortunée tristement célèbre. Gordon Bennett, son père, avait semé le trouble dans la haute société anglaise quand il avait annulé des fiançailles très traditionnelles pour épouser précipitamment une Américaine superbe et issue d'une famille influente, Sophie Flores. À cause de l'arrivée imminente de Carter.

Malgré cette naissance non programmée, les jeunes mariés

avaient continué à parcourir le monde, emmenant parfois Carter avec eux ou, plus souvent, le confiant à des nurses ainsi qu'à son grand-père excentrique de Bornéo. Jusqu'à ce qu'il atteigne l'âge d'aller en pension, où il s'était épanoui en découvrant le plaisir d'apprendre et d'avoir un emploi du temps régulier. Il partageait une chambre avec Sahir, un jeune prince dont le garde du corps restait posté dans le couloir. À l'âge de huit ans, il avait eu un frère, ce qui n'avait pas apaisé la soif d'aventure de ses parents. Ils avaient décidé de « partir en exploration en famille » et ils avaient retiré leur fils aîné du pensionnat pour l'emmener avec le bébé dans la forêt tropicale qui entourait la propriété de son grand-père, à Bornéo. Ce qui avait valu à Carter Bennett d'être de nouveau sous les feux de l'actualité, quand il avait « miraculeusement » survécu au tragique accident ayant coûté la vie à ses parents et à son frère.

« Attaqués par un crocodile ! »

Un gros titre accrocheur, surtout associé aux noms de Bennett et de Flores. Seul le corps de Gordon Bennett avait été retrouvé mais, en raison du lieu et des circonstances du drame, les recherches avaient rapidement été abandonnées. Sophie Flores et ses deux enfants avaient officiellement été déclarés décédés. Cependant, juste au moment où l'intérêt pour l'histoire s'émoussait, Carter avait une fois de plus fait la une.

« Carter Bennett retrouvé vivant ! Complément d'information à suivre ! »

Le complément d'information en question avait été réduit et très confus. Des voisins du grand-père de Carter avaient trouvé l'enfant au cœur de la forêt tropicale, à une distance considérable du fleuve. Il était à l'article de la mort, et les secours étaient en route, avaient précisé les médias.

Pour Carter, les secours étaient déjà arrivés. Il se rappelait avoir ouvert les yeux et vu le père de son ami Arif.

— *Selamat*..., avait dit Bashim d'une voix apaisante avant de le rassurer sur la gravité de son état.

Carter n'avait pas été attaqué par un crocodile, mais il s'était blessé au cours des longues journées d'errance qui avaient suivi le drame.

— Tu étais parti chercher de l'aide ? avait demandé Bashim.

Carter n'avait pas eu la force de répondre. Il se souvenait vaguement d'avoir été porté par Bashim jusque chez lui au bord du fleuve, et d'avoir entendu le cri de joie d'Arif à leur arrivée. Malgré l'état de semi-inconscience dans lequel il se trouvait, il gardait quelques souvenirs de la délicatesse avec laquelle il avait été soigné, et de la présence constante d'Arif, âgé de huit ans lui aussi, qui lui tenait la main et l'aidait à boire en lui demandant inlassablement ce qui s'était passé.

Sans jamais obtenir de réponse.

— Pourquoi Carter ne parle-t-il pas ? avait fini par demander Arif à son père.

— Laisse-lui du temps, avait répondu Bashim. Il n'est pas prêt.

Aujourd'hui encore, Carter était incapable de répondre à ces questions.

La bienveillance et l'affection de la famille d'Arif et des voisins qui passaient régulièrement ne l'avaient pas préparé à ce qui l'attendait par la suite face aux médecins, aux psychologues, aux enquêteurs et à la famille qu'il lui restait. Les médias, curieusement déçus que les blessures de l'enfant ne soient pas dues à un crocodile, avaient recentré leurs commentaires sur ce qu'il adviendrait de l'enfant devenu orphelin dans ces circonstances tragiques. Pendant quelque temps, il avait été hébergé par l'avocat anglais de son père et son épouse. Son oncle anglais, qui en était à son troisième mariage à l'époque, se trouvait en cure de désintoxication. Par conséquent, il ne fallait pas compter sur lui. Quant à son grand-père paternel, il restait cloîtré dans son immense propriété située au cœur de la forêt tropicale de Bornéo. Les projecteurs avaient donc été braqués sur sa tante maternelle, une célèbre philanthrope new-yorkaise qui passait en réalité sa vie à dépenser beaucoup plus d'argent qu'elle n'en donnait. Visiblement désireuse de soigner son image, elle avait recueilli Carter. Mais bien que de nouveau confié à une armée de nurses, il s'était révélé trop encombrant pour sa riche et célèbre tante. En particulier parce qu'il était sujet aux terreurs nocturnes et qu'il lui arrivait de réveiller en sursaut tous les occupants de l'appartement de la Cinquième Avenue.

Après deux ans d'apparitions publiques médiatisées en compagnie de son neveu, sa tante l'avait expédié en Angleterre afin qu'il « crée des liens » avec l'autre côté de la famille... En fait, il avait été de nouveau envoyé en pension. Après avoir alarmé à plusieurs reprises le garde du corps de son vieil ami Sahir en raison de ses terreurs nocturnes, il avait été obligé d'apprendre à se contrôler, même pendant son sommeil. La plupart du temps, il passait l'été à Bornéo, mais il redoutait ces séjours. Ses liens avec Arif s'étaient peu à peu distendus. N'ayant plus aucune envie de partir en exploration dans la forêt comme ils en avaient l'habitude auparavant, Carter ne sortait plus de la luxueuse résidence de son grand-père. De son côté, Arif s'ennuyait au bord de la piscine. Ce qui l'intéressait, ce n'était pas le parc impeccablement entretenu de Wilbur Bennett mais le reste du domaine. Des hectares et des hectares de forêt tropicale. Le grand-père de Carter travaillait en collaboration avec des spécialistes locaux et internationaux à la préservation de la faune et de la flore de cette forêt, pour laquelle il avait une véritable passion. La résidence comportait encore des ailes privées, mais le reste abritait des bureaux ainsi que des logements destinés aux chercheurs venus étudier des espèces animales et végétales rares. Wilbur Bennett prenant de l'âge, au fil des années Arif avait assumé de plus en plus de responsabilités dans la gestion du domaine.

En revanche, les relations entre les deux amis ne s'étaient pas améliorées avec le temps. Arif était conscient que Carter avait profondément été marqué par la tragédie qui avait coûté la vie à ses parents et à son frère, mais il n'acceptait pas son attitude de plus en plus distante. Or chez Carter, c'était un réflexe de défense. Il se détachait d'Arif parce qu'il ne voulait pas risquer de perdre de nouveau un proche à cause de la forêt. À la mort de son grand-père un an plus tôt, il avait espéré pouvoir rompre tout lien avec Bornéo. Mais quand il avait eu connaissance des dernières volontés de Wilbur Bennett, cet espoir s'était évanoui.

Carter regagna sa table à dessin. Il avait souvent recours à la conception assistée par ordinateur, mais pour ce client très particulier elle ne lui serait pas d'un grand secours. Sahir, prince héritier de Janana, se battait pour obtenir de son père et de ses conseillers leur approbation quant à la reconstruction d'une aile détruite du palais royal. Toujours très proche de Carter, il lui avait confié le dossier. Au cours des deux dernières années, Carter avait multiplié les déplacements à Janana. Le projet était complexe, même pour lui. D'autant plus qu'il était remis en question à chaque étape par le roi et ses ministres, désireux de laisser les ruines en l'état.

Carter soupira. Impossible de se concentrer. Même la contemplation du Chrysler Building ou de l'Empire State Building n'avait pas l'effet magique habituel. Il se leva et s'approcha de la baie vitrée pour contempler Central Park. Il aimait cet espace verdoyant en plein cœur de Manhattan, où il courait souvent. Ce serait peut-être un moyen de s'éclaircir les idées ?

Il se mit à arpenter le luxueux bureau. Malgré la vue panoramique sur Manhattan, il avait l'impression d'être en cage. Il jeta un coup d'œil à l'Hudson. Aujourd'hui il était bleu et il scintillait au soleil. Contrairement à beaucoup de gens, Carter préférait les jours où il devenait marron... Il ne l'était cependant jamais autant que les fleuves qui sinuaient à travers la forêt tropicale... Et le vert de Central Park n'était jamais aussi intense que... Mais il préférait éviter les comparaisons. Il avait fait tout son possible pour tourner la page. Et voilà qu'au moment où il s'y attendait le moins Arif l'avait appelé pour l'alerter sur la situation à Bornéo. « Si tu te sens concerné, tu dois t'impliquer. » Carter soupira. Il ne voulait pas se sentir concerné.

— Monsieur Bennett ?

Son assistante, Mme Hill, lui rappela par l'Interphone que Jonathon Holmes, l'avocat qui s'occupait de ses affaires privées, devait arriver d'un instant à l'autre.

— Prévenez-moi quand il sera là.

— Ensuite, pour votre visioconférence avec le prince Sahir, voulez-vous que je prépare la salle de conférences ?

Carter jeta un coup d'œil aux plans sur lesquels il travaillait.

— Non, merci. Je le prendrai ici.

Il baissa les yeux sur sa chemise. Après deux heures de travail à la table à dessin, elle était tachée. Il alla se changer dans la salle de bains attenante à son bureau. Alors qu'il se lavait les mains, il aperçut son reflet dans le miroir. La cicatrice qui lui barrait le front s'était estompée, mais elle coupait toujours en deux son sourcil droit. Ça plaisait aux femmes. Toutes sans exception demandaient : « Que t'est-il arrivé ? » Il éludait la question et repoussait les doigts inquisiteurs. Il préférait ne pas penser à ça. Même si seules quelques bribes de souvenirs subsistaient dans sa mémoire. La chute, le goût du sang dans la bouche, la conscience qu'il fallait arrêter l'hémorragie... Carter pivota sur lui-même et tourna la tête pour regarder son dos dans la glace. Sur celui-ci aussi il y avait des cicatrices, mais très différentes de son estafilade au front. À partir de l'épaule, la peau était piquée de petites marques, comme si elle avait été aspergée d'huile bouillante. Mais il ne se souvenait pas de ce qui s'était passé.

— *Kalajengking*, lui avait dit Bashim.

Des piqûres de scorpion. Par ailleurs, il avait été retrouvé inconscient sur un nid de fourmis de feu. Ces jours d'errance dans la forêt ne lui avaient laissé qu'un souvenir très vague. Mais l'essentiel n'était-il pas d'avoir survécu ? Les cicatrices de son dos plaisaient beaucoup moins aux femmes. Si au lit elles touchaient par inadvertance sa peau abîmée, il percevait aussitôt un mouvement de recul. Carter tâta lui-même son dos avec une moue de dérision. Pas étonnant qu'elles soient rebutées...

— Monsieur Bennett… ? appela Mme Hill en frappant à la porte de la salle de bains.

Il se ressaisit et s'habilla à la hâte. Jonathon Holmes avait son air sérieux habituel.

— Merci d'être venu aussi vite. Comment va Ruth ?

Ils échangèrent les banalités d'usage mais, dès que l'assistante eut refermé les portes, Jonathon demanda :

— Alors, ces rumeurs sont fondées ?

— À ton avis ? Bien sûr que non.

— Et moi qui pensais que tu m'avais fait venir pour rédiger un contrat de mariage… C'est quand tu veux.

— Jamais. Il est hors de question que je me marie pour respecter la volonté de mon grand-père.

Son grand-père avait fait l'impensable. Ignorant ses mises en garde contre son cousin Benedict, il avait légué la propriété à ses deux petits-fils. Son testament comportait toutefois une clause restrictive. Si Carter se mariait au Sarawak et restait marié pendant au moins un an, il pourrait racheter la part de Benedict. Carter soupira. Qu'avait-il pris à son grand-père ? Il l'avait pourtant prévenu que rien ne pourrait le contraindre à se marier. Mais si le mariage n'était pas une option, le partage ne lui convenait pas non plus. Surtout avec son cousin Benedict. Il avait donc proposé à ce dernier de lui racheter sa part. Non seulement Benedict avait refusé, mais il lui avait fait une contre-proposition.

— Tu n'envisages pas d'accepter ? demanda Jonathon. Ce serait un problème en moins. Tu possèdes déjà assez de propriétés. Tu n'as pas besoin de te compliquer la vie avec ce…

— J'ai eu des nouvelles d'Arif, coupa Carter. Tu sais que c'est lui qui gère tous les projets de recherche et de préservation de la forêt financés par mon grand-père. Il m'a prévenu qu'il y a beaucoup d'activité en ce moment autour de la propriété. Drones, prises de vues aériennes…

— Benedict ne peut pas la vendre sans ton accord.

— Mais peut-il la louer ?

— Là, ça se complique, mais en bref la réponse est non.

— Arif a entendu dire qu'il y avait des négociations en cours pour louer la propriété à une société de production d'émissions de téléréalité. On parle aussi du tournage d'un film…

— Pas sans ton accord, coupa Jonathon, catégorique. Et de toute façon, il serait impossible d'obtenir les autorisations de tournage.

— Malheureusement, il n'est pas exclu que les autorités fassent confiance à Benedict et se montrent coulantes. Il y a déjà des équipes de repérage et des producteurs de télévision qui séjournent dans des hôtels de la région. À mon avis, s'ils se sont déplacés, c'est qu'ils estiment que leurs projets ont des chances d'aboutir.

— Benedict s'imagine sans doute que tu vas revenir sur ta position. Il doit savoir que tu ne supportes pas…

Jonathon s'interrompit brusquement, puis se reprit.

— … que tu n'es pas retourné là-bas depuis les funérailles.

Carter prit une carafe de whisky et en ôta le bouchon en lançant un coup d'œil interrogateur à Jonathon, qui hocha la tête. Il servit deux verres puis, incapable de rester assis, il alla s'adosser à la baie vitrée qui donnait sur l'East River.

— Si tu ne veux pas passer les prochaines années à livrer une bataille judiciaire, il est peut-être temps de te séparer de cette propriété, suggéra Jonathon. Beaucoup de mauvais souvenirs y sont attachés. Tu y as perdu tes parents…

— Et mon frère, rappela Carter.

Un innocent qui avait tendance à être oublié.

— Il n'aurait jamais dû se trouver là.

— Non, en effet.

Il était rare que cette vérité soit reconnue par Jonathon, qui s'occupait des affaires des parents de Carter avant que ce dernier prenne le relais. À l'époque de l'accident, personne n'avait osé critiquer les Bennett. Il avait été beaucoup plus facile de passer ce détail sous silence dans les articles.

Son frère s'appelait Hugo, mais on l'appelait Ulat. Ça signifiait « vermisseau » et c'était un surnom affectueux donné à leurs nouveau-nés par les Ibans, qui par superstition ne choisissaient le prénom qu'au bout de plusieurs mois. À sa naissance, Carter lui aussi avait été appelé Ulat. Cependant, les médias internationaux n'avaient pas pris la peine de se renseigner sur les coutumes locales. Ils avaient également évité de remettre en question la façon dont les Bennett avaient choisi d'élever leurs enfants. Il avait été plus simple de qualifier son père de héros pour avoir tenté de sauver sa femme et son bébé... et plus lucratif d'insister sur la survie miraculeuse de Carter dans la forêt pendant une semaine...

Carter aspirait à tourner la page pour mettre fin à son tourment personnel, mais il ne pouvait pas rompre complètement avec son passé.

— Dis à Benedict que je suis prêt à négocier.

— Tu es sûr ?

Après une dernière mise en garde, Jonathon serra la main de Carter.

— Je m'en occupe.

Après son départ, le regard de Carter se dirigea vers la vue. Mais il avait beau contempler Manhattan, ses pensées l'emmenaient à Bornéo. Dans la forêt tropicale, luxuriante et sauvage, où l'air chaud et humide pouvait faire paraître doux l'été new-yorkais, où les maisons longues des Ibans s'étendaient parallèlement au fleuve... Des sociétés de production s'apprêtaient à plonger ce monde paisible dans le chaos ? Bien sûr, il y avait des touristes qui parcouraient la région, mais la réglementation en vigueur dans ce domaine était stricte. Elle protégeait les Ibans, qui eux-mêmes protégeaient l'environnement. Carter appuya sur le bouton de l'Interphone.

— Madame Hill, pouvez-vous reporter la visioconférence avec le prince Sahir, s'il vous plaît ?

Il réprima un soupir. Ce changement de programme ne le réjouissait pas du tout.

— Pouvez-vous également annuler tous mes autres engagements de la semaine et réserver un vol pour Bornéo ?

— Quand voulez-vous... ?

— Tout de suite, coupa Carter en roulant les plans.

Il travaillerait dessus là-bas. S'il ne partait pas immédiatement, il risquait de changer d'avis.

Après dix-huit heures de vol et un bref rendez-vous avec un financier à Kuala Lumpur, Carter était de retour à l'aéroport et s'apprêtait à embarquer à bord du vol pour Bornéo. Alors qu'il avançait dans la file des passagers de première classe délimitée par un cordon, son attention fut attirée par un passeport tombé par terre. Ce n'était pas son problème, se dit-il aussitôt. Puis il leva les yeux et vit la propriétaire potentielle du document, qui dormait sur un siège. La Belle au bois dormant... Non, parce que dans les livres qu'il lisait à Hugo autrefois celle-ci avait des cheveux de jais et des lèvres rouge grenat. Alors que cette femme avait de longues boucles châtain doré. Cependant, elle semblait profondément endormie.

Carter continua à avancer, mais il ne put s'empêcher de jeter un coup d'œil en arrière. Personne n'avait réveillé la jeune femme, et son passeport était toujours par terre. Avec un soupir agacé, il fit demi-tour. Pourquoi se sentait-il obligé d'intervenir ? Il remonta la file des passagers de première classe, contourna le cordon et se dirigea vers la jeune femme toujours assoupie. Les pieds posés sur un sac et les jambes repliées, elle portait un T-shirt fuchsia et un pantalon noir. Il ramassa le passeport puis, méticuleux de nature, il vérifia qu'elle en était bien la propriétaire. Grace Andrews, âgée de vingt-cinq ans, était née à Londres. Et, oui, c'était bien la jeune femme endormie. Sans vérifier de quelle couleur étaient ses yeux, il referma le passeport.

— Madame.

Elle dormait vraiment profondément.

— Madame.

Il leva la main pour lui toucher l'épaule, mais l'échancrure de son T-shirt avait glissé, révélant une bretelle de soutien-gorge noir. Il retira sa main. Inutile de l'effaroucher.

— Madame Andrews.

Toujours pas de réaction... Peut-être qu'en l'appelant par son prénom d'une voix plus forte... ?

— Grace !

Verts. Elle avait les yeux verts, constata-t-il lorsqu'elle ouvrit lentement les paupières. L'espace d'un instant, ses yeux plongèrent dans les siens. Vert jade, clairs et lumineux. Si les yeux étaient vraiment les fenêtres de l'âme, il jurerait qu'elle lui souriait... Mais très vite la confusion se lut dans le regard de Mme Andrews. Elle le détacha du sien pour le promener autour d'elle, puis elle se redressa brusquement et son T-shirt glissa un peu plus sur son épaule.

— Tout va bien, dit-il d'une voix apaisante.

Grace battit des paupières. En se réveillant, elle venait d'ouvrir les yeux sur un inconnu penché sur elle. Un inconnu aux cheveux de jais, à la mâchoire carrée rasée de près, et au nez romain. Mais le plus frappant, c'était la cicatrice qui coupait en deux son sourcil droit et traversait son front pour se perdre dans ses cheveux. Ses yeux étaient gris comme le ciel d'un jour sans soleil, et il avait une mine sombre. Cependant, elle ne se sentait pas menacée. Sa bouche sensuelle était fascinante, et les notes épicées de son parfum ajoutaient à son charme irrésistible. D'ailleurs, quand son regard avait rencontré le sien, elle l'avait accueilli avec joie dans son rêve. Puis elle avait pris conscience qu'elle n'était pas en train de rêver ! Ce séduisant inconnu était bien réel... Elle regarda la main qu'il tendait vers elle. Un passeport... Le sien ? Elle avait dû le laisser tomber.

— Ça alors !

Elle se redressa d'un bond et regarda autour d'elle. La salle d'embarquement, presque vide quand elle avait succombé à la fatigue et fermé les yeux, était pleine. Elle consulta le panneau d'affichage. L'embarquement des passagers de première classe avait déjà commencé. En prenant son passeport, elle remarqua la montre de luxe, les manchettes blanches sous la manche d'un costume anthracite et les mains manucurées.

— Mon Dieu, il a dû glisser de ma poche... Merci.

L'inconnu dit quelque chose, mais sa voix était à peine audible.

— Pardon ?

— Vous devriez être plus prudente, répéta-t-il en agitant l'index d'un air réprobateur.

Elle s'apprêtait à rétorquer que d'ordinaire elle était exagérément prudente, mais il s'éloignait déjà. Elle soupira, un peu irritée contre elle-même pour avoir laissé tomber son passeport, et contre lui pour l'avoir réprimandée comme une gamine.

— À vos ordres, mon commandant ! marmonna-t-elle entre ses dents.

Il s'immobilisa aussitôt et se retourna. Allons bon, elle avait dû parler plus fort qu'elle ne le pensait... Il lui lança un regard si noir qu'elle déglutit péniblement. Et tout à coup, ce fut comme si elle avait monté le son. Autour d'elle, des gens parlaient, des bébés pleuraient. Une annonce par haut-parleur invitait « les passagers ayant besoin d'assistance » à embarquer. Apparemment, ses oreilles bouchées depuis le vol précédent sans qu'elle en ait conscience venaient de se déboucher. Et au lieu de marmonner, elle avait dû crier !

— Mes oreilles, dit-elle en les montrant. Je ne m'entendais pas.

Il devait la prendre pour une folle. Et il allait revenir lui dire que la prochaine fois elle n'aurait qu'à se débrouiller seule avec son passeport. À sa grande surprise, un sourire étira les lèvres de l'inconnu. Elle était visiblement pardonnée. Mieux encore, cet homme à la mine sévère semblait amusé.

— Merci, dit-elle.

Il fit un bref hochement de tête, puis il s'éloigna. Il portait un long cylindre de cuir et une sacoche d'ordinateur, constata-t-elle en le suivant des yeux. Il se dirigea vers la porte d'embarquement des passagers VIP, puis il disparut. S'efforçant d'ignorer un ridicule pincement au cœur, elle consulta sa messagerie et écouta Violet lui souhaiter un bon séjour. Avec la bouffée d'angoisse habituelle, elle ouvrit ensuite ses mails. La facture de juillet pour les deux premières semaines dans l'établissement de soins était arrivée. Coiffeur. Manucure. Sortie en groupe. Club de jardinage. Grace ferma les yeux. C'était exactement ce qu'elle voulait pour sa mère, mais les tarifs dépassaient tout ce qu'elle avait envisagé. Elle pensait toujours à la facture quand elle monta à bord de l'avion mais, pendant que l'hôtesse vérifiait sa carte d'embarquement, elle ne put s'empêcher de jeter un coup d'œil vers la gauche, en direction de la classe affaires. Un steward servait déjà le champagne, mais aucune trace du séduisant inconnu. Au bout de la cabine, un rideau s'ouvrit. Elle eut juste le temps d'apercevoir l'éclat d'une montre en or dépassant d'une manchette blanche avant qu'il se referme. Première classe... C'était bien ce qu'elle pensait.

Cet homme fascinant était tout simplement inaccessible.

2

La sérénité ? Pas tout à fait…

Malgré tout, dans le bateau en compagnie de ses compagnons de voyage, Grace en avait eu quelques aperçus. Devant le spectacle extraordinaire de la nature, il y avait des moments où elle devait se pincer pour vérifier qu'elle ne rêvait pas. Parce que c'étaient bien des journées de rêve qui se succédaient depuis le début de ce séjour. Excursions en bateau au lever du soleil, suivies par un petit déjeuner somptueux en compagnie du groupe, puis temps libre pour explorer les alentours du lodge. Ou paresser sur sa terrasse en contemplant le fleuve. Après plusieurs années mouvementées, elle avait enfin le temps de se poser et de réfléchir. À sa mère, à son avenir, au soutien sans faille de Violet. Elle avait également tout le loisir de s'abandonner à la rêverie. De se balancer doucement dans un hamac en se remémorant les yeux gris et le sourire amusé d'un inconnu fascinant…

Aujourd'hui, en fin d'après-midi, elle était de nouveau partie en excursion sur le fleuve avec les autres participants pour observer les animaux et les oiseaux pendant qu'ils se préparaient pour la nuit. Elle n'avait toujours pas vu d'orangs-outans, mais ce soir, au retour, le klotok, bateau traditionnel sur lequel ils naviguaient, avait dû faire une halte pour laisser passer des éléphants pygmées qui traversaient le fleuve. Un spectacle inoubliable. La nuit tombait quand le groupe, euphorique, rentra au lodge.

— Nous sommes en retard, rappela Felicity, leur guide. Alors changez-vous aussi vite que possible.

Il fallait s'habiller pour le dîner, et le jour de son arrivée Grace avait trouvé sur son lit un sarong rouge orné de fils d'argent. Au début, s'apprêter pour aller manger lui faisait une impression bizarre, mais elle avait vite pris goût à ce rituel, qui indiquait l'importance accordée aux repas. Un gong invitait les clients à se rendre sur la terrasse située plusieurs mètres au-dessus du fleuve. Là, chacun s'asseyait avec son groupe après s'être servi au buffet regorgeant de mets délicieux.

Grace prit une douche rapide puis tenta de se coiffer. Ses boucles avaient doublé de volume à cause de l'humidité, et son peigne perdait peu à peu ses dents. Renonçant très vite à discipliner ses cheveux, elle les releva à la hâte en chignon. Puis elle enfila le sarong, quitta sa suite et traversa le jardin éclairé par des lumières douces. Arrivée sur la terrasse, elle se déchaussa avant d'entrer dans l'espace où était dressé le buffet.

— Hé, Grace.

Les membres du groupe la saluèrent, puis continuèrent à bavarder. Après avoir choisi son plat, elle s'installa à table avec eux. Elle avait beau apprécier son séjour, elle se sentait un peu décalée par rapport aux autres. Ayant perdu l'habitude de fréquenter des gens, elle avait du mal à se mêler à la conversation, et ses plaisanteries tombaient toujours à plat. La plupart des participants étaient beaucoup plus âgés qu'elle. C'étaient majoritairement des couples de retraités qui voyageaient souvent. Parmi les plus jeunes, il y avait un couple en voyage de noces et Corrin, une Allemande passionnée de photographie. Alors que de son côté elle n'avait en guise d'appareil-photo que son portable très simple.

— Waouh !

Randy regardait une série de photos prises par Corrin, et ils parlaient d'ouverture de diaphragme et autres subtilités techniques du même genre. Peut-être s'était-elle tenue à l'écart dès le départ, se dit Grace en choisissant son dessert. Au moment des présentations, ne voulant pas expliquer qu'elle était très inquiète pour sa mère, elle était restée assez vague. Peut-être avait-elle semblé distante, ce qui n'était pas son intention. Elle mangeait un fruit quand Randy jeta un coup d'œil vers l'entrée et roula des yeux.

— En retard, comme d'habitude...

Elle savait de qui il parlait. Un groupe très bruyant, qui ne se changeait jamais pour dîner et ne se déchaussait jamais non plus.

— Je suis sûr que ce sont des promoteurs, dit Randy en se levant, imité par sa femme. Vous pouvez dire adieu au calme.

Le couple souhaita une bonne nuit à tout le monde et s'en alla.

— Tu crois que ce sont des promoteurs ? demanda Grace à Corrin.

— En tout cas, ils ne s'intéressent pas à grand-chose.

Corrin haussa les épaules. Puis elle prit son appareil-photo et annonça qu'elle allait se coucher.

— *Ich gehe ins Bett.*

— Dors bien, répliqua Grace en souriant.

En raison de l'heure matinale des départs en excursion, tout le monde se couchait vers 21 heures. Sauf les jeunes mariés, qui jouaient au Uno tous les soirs ! Ayant pris l'habitude depuis deux ans de travailler tard dans la nuit et de rester sur le qui-vive au cas où sa mère aurait besoin de quelque chose, Grace avait du mal à terminer la journée aussi tôt.

Désireuse de s'éloigner du groupe odieux qui venait d'arriver, elle quitta la terrasse et alla s'installer dans un fauteuil dans le jardin, à proximité de la promenade en planches. Il n'y avait ni connexion Internet ni réseau, mais elle sortit son téléphone pour regarder les dernières photos qu'elle avait prises.

— Attention aux singes chapardeurs ! lança Felicity en passant devant elle. Et à demain matin à l'aube...

Il faisait nuit quand Carter arriva en vue de l'écolodge par le fleuve. Il ralentissait à chaque fois qu'il passait devant une maison longue pour que le bruit du moteur ne dérange pas ses habitants. D'ordinaire, il venait chez son grand-père en hélicoptère, mais cette fois il s'était organisé pour pouvoir récupérer son bateau à son arrivée et il avait remonté le fleuve. Il avait fait plusieurs haltes, dans des écolodges ainsi que chez des Ibans, afin de recueillir le plus d'informations possible avant de rencontrer Arif. Ensuite il se rendrait dans la résidence de son grand-père, mais il espérait pouvoir bientôt rentrer aux États-Unis ou aller à Janana, pour avoir avec Sahir la réunion qu'il avait annulée au dernier moment.

— Carter !

Alors qu'il amarrait son bateau au débarcadère, Jamal, la femme d'Arif, descendit les marches pour le saluer.

— Bienvenue... Nous avons entendu dire que tu étais de retour.

— Les nouvelles circulent toujours aussi vite...

— Ça fait longtemps. Depuis les funérailles. Je ne me souviens même pas quand tu es venu nous voir ici au lodge pour la dernière fois.

Jamal souriait, mais l'inquiétude se lisait dans ses yeux.

— Une suite est prête pour toi, bien sûr. Mais Arif n'est pas là ce soir. Il accompagne un groupe en excursion de nuit, mais il sera de retour demain matin.

— Parfait.

En fait, c'était un soulagement de ne pas avoir à discuter de sujets épineux ce soir... Carter demanda des nouvelles des deux enfants du couple et il apprit que le plus grand était parti dans la forêt avec son père.

— Déjà ? Reheeq n'a que quatre ans...

— Il en a six, et toi tu y allais bien avant cet âge-là, rappela Jamal en riant. Tiens...

Elle lui tendit une clé.

— Tu veux dîner pendant qu'on débarque tes bagages ?

— Merci, ça va. J'ai fait plusieurs haltes en chemin.

— Alors je vais te conduire à ta suite.

— Inutile.

Carter connaissait le lodge comme sa poche.

— Je suis heureuse que tu sois là.

Jamal leva les yeux vers la terrasse.

— Il faut que j'y aille... Il y a encore des clients en train de dîner...

Elle partit précipitamment, tandis que des rires gras résonnaient dans la nuit. Carter prit ses valises et emprunta la promenade en bois pour gagner sa villa. Pour la plupart des gens, le lodge était un havre de paix niché au sein d'un jardin à la végétation luxuriante. Pour lui, c'était sa version personnelle de l'enfer. Il connaissait trop bien les dangers de la forêt tropicale qui entourait ce lieu idyllique. Et il aurait préféré ignorer qu'Arif et son fils s'y trouvaient cette nuit...

Tout à coup, un spectacle inattendu s'offrit aux yeux de Carter, et chassa de son esprit ses sombres pensées. Grace Andrews, la femme de l'aéroport, séjournait visiblement au lodge. Il la reconnut et se rappela immédiatement son nom. À vrai dire, il avait pensé à elle pendant le vol. Dans son alcôve de première classe, il n'avait pu s'empêcher de sourire au souvenir de leur brève rencontre. Elle avait rougi de façon si charmante quand il l'avait entendue l'appeler « mon commandant »... Ce soir, dans la pénombre du jardin, elle était d'une beauté lumineuse. Vêtue d'un sarong rouge qui mettait en valeur ses bras fins, elle consultait son téléphone, assise dans un grand fauteuil les jambes repliées sous elle.

— Comment vont les oreilles ? demanda-t-il.

Elle tressaillit.

— Oh ! c'est vous.

Avec un sourire radieux, elle posa son portable, déplia ses jambes et se redressa sur son siège. Il fut alors assailli à la fois par un désir familier et par une joie tout à fait inhabituelle. Elle avait vraiment un sourire enchanteur...

— Mes oreilles vont beaucoup mieux, merci, répondit-elle en riant.

Après plusieurs journées difficiles, cette rencontre était une bonne surprise. Oh ! il n'avait pas ressenti d'hostilité pendant son voyage. Les Ibans étaient trop accueillants pour ça. Mais il avait perçu leur inquiétude ainsi qu'une certaine suspicion. Ce qui n'avait rien d'étonnant vu que c'était son cousin qui faisait planer une menace sur la région.

Oui, revoir Grace Andrews était une excellente surprise.

— Votre voix est beaucoup plus douce que dans mon souvenir.

Elle parlait tellement fort quand il l'avait réveillée à l'aéroport...

Grace se demandait parfois si dans ses souvenirs elle n'avait pas tendance à magnifier la beauté de l'inconnu. En réalité, c'était tout le contraire. Vêtu d'une chemise noire aux manches relevées et d'un pantalon de lin gris, la mâchoire recouverte d'une barbe de plusieurs jours et les cheveux ébouriffés, il était encore plus irrésistible qu'à l'aéroport.

— Seule ? demanda-t-il en jetant un coup d'œil à l'unique verre de thé glacé posé sur la table.

— Oui. Enfin, excepté un couple de jeunes mariés, installé à cette table un peu plus loin, et...

Elle indiqua d'un geste la terrasse, d'où provenaient les rires sonores des dîneurs.

— Ils font partie de votre groupe ?

— Non, heureusement ! Ils sont arrivés ici avant nous.

— Ça ne vous dérange pas que je me joigne à vous ?

— Bien sûr que non.

— Vous voulez boire quelque chose ? Je vais aller chercher du vin.

— J'en prendrais bien un verre, mais je doute que vous en trouviez. Je crois qu'ils n'ont que de la bière.

— Je vais voir ce que je peux faire.

Tandis qu'il s'éloignait, elle ferma les yeux et inspira profondément. Attention, ce n'était pas parce qu'il s'invitait à sa table qu'il fallait en tirer des conclusions. Ce n'était pas le genre d'homme à être en manque de compagnie féminine ! Lorsqu'elle rouvrit les paupières, elle le vit revenir avec une bouteille de vin et deux verres. Il leva la bouteille avec un sourire triomphant qui lui donna le sentiment d'être la seule femme aux alentours. Il est vrai qu'elle était bien la seule femme dans le jardin à cet instant, se rappela-t-elle. Malgré tout, il avait une façon de la regarder… Oui, elle avait un peu l'impression d'être la seule femme sur terre. Une sensation tout à fait inhabituelle, sur laquelle elle ferait bien de ne pas trop s'attarder.

Carter tira le fauteuil situé en face de Grace. Parfait, il avait une vue dégagée sur sa cible. La terrasse et ses occupants, qui n'avaient rien de touristes ordinaires.

— Je me sens un peu désavantagée, déclara Grace alors qu'il s'asseyait.

— Pourquoi donc ?

— Eh bien, vous avez vu mon passeport. Vous connaissez donc mon nom et mon âge, vous savez d'où je viens…

— Ah, mais j'ai une très mauvaise mémoire, coupa-t-il avec un sourire malicieux.

Tout en ouvrant la bouteille, il ajouta :

— Grace Andrews, vingt-cinq ans, née à Londres, mais je n'ai pas lu votre date de naissance.

Elle émit un petit rire, mais son regard resta interrogateur. S'il voulait rester là à observer ces hommes, il fallait alimenter la conversation.

— Carter Bennett, dit-il en servant le vin.

Il regarda ostensiblement la terrasse.

— C'est incroyable ce qu'ils sont bruyants… En principe, à cette heure-ci, tout le monde est couché ou en train de se détendre. Eux, ils donnent l'impression de commencer la soirée.

Grace haussa les épaules.

— Mmm… Vous ne m'avez pas dit votre âge.

— Trente-cinq ans.

Il fallait être plus direct, décida-t-il.

— Qui sont ces gens ?

— Je n'en ai aucune idée. Randy, qui fait partie de mon groupe, les a entendus parler de la construction d'une piste d'atterrissage. Il pense que ce sont des promoteurs ou quelque chose dans le genre.

Il ne fit pas de commentaire. Des promoteurs ? Non, il penchait plutôt pour des producteurs de cinéma ou de télévision désireux de faciliter l'accès à cet endroit. Pour en avoir le cœur net, il fallait les observer davantage. Il n'était pas dans ses habitudes d'inviter les touristes à raconter leurs aventures, mais, quand ça pouvait lui être utile, il était capable de feindre un vif intérêt.

— Vous êtes contente de votre voyage ?

— Beaucoup. Ça passe trop vite. Plus que deux jours ici...

— Et ensuite ?

— Je n'ai pas encore décidé, répliqua-t-elle alors qu'il lui tendait un verre.

Grace le prit avec précaution, mais ses doigts frôlèrent imperceptiblement ceux de Carter et elle en fut électrisée. Heureusement que de son côté il tenait le verre avec fermeté, sinon elle l'aurait sans doute laissé tomber... De toute évidence, il n'avait pas du tout été affecté par ce contact furtif...

— À vrai dire, j'aimerais bien rester un peu plus longtemps. J'ai très envie de voir des orangs-outans.

— Vous n'en avez pas encore vu ?

— Juste un nid, de loin, mais je ne suis pas douée avec les jumelles, répliqua-t-elle en souriant. Voir des orangs-outans était déjà sur ma liste de choses à faire absolument dans ma vie avant même que j'aie entendu parler de ce genre de liste...

— Comment ça se fait ?

Elle sentit ses joues s'enflammer. Pourtant, elle n'avait pas tendance à rougir. Ou peut-être que si... mais elle n'en avait jamais été aussi consciente que depuis qu'elle avait rencontré cet homme.

— C'est idiot… Mon père m'en avait offert un à Noël quand j'étais petite. Pas un vrai…

— J'espère ! Il paraît qu'ils font des dégâts terribles dans les rideaux. Vous pourrez bientôt lui envoyer une photo d'un vrai.

Le rire qu'elle avait laissé échapper à cause de sa plaisanterie s'éteignit.

— Je ne pense pas… Je ne suis plus en contact avec lui.

Elle eut un sourire crispé. Puis elle s'empressa de ramener la conversation sur les orangs-outans.

— Ils m'ont toujours fascinée. J'aimerais vraiment en voir un en liberté dans la nature. Mais ce n'est peut-être pas une expérience aussi exaltante que je l'imagine.

— Au contraire, c'est encore mieux que ce qu'on peut imaginer, Grace.

Elle le considéra avec perplexité, surprise par l'émotion qui perçait dans sa voix.

— Vous n'êtes pas un touriste…

— Ça se voit tant que ça ?

Elle haussa les épaules.

— C'est juste que… vous êtes arrivé seul et vous savez où est caché le vin.

Il eut un petit rire.

— Mon grand-père a, ou plutôt avait, une propriété à quelques kilomètres d'ici.

Elle avait cillé… De toute évidence, elle avait compris pourquoi il avait changé de temps en parlant de son grand-père. *Surtout pas de condoléances, s'il vous plaît.* À son grand soulagement, elle se contenta de lui adresser un sourire compatissant qui en disait assez. Et qui suggérait même qu'elle avait compris qu'il n'avait aucune envie d'aller là-bas.

— Donc, pas touriste, mais pas d'ici non plus ?

— Exact, confirma-t-il, soulagé qu'elle change de sujet.

Puis il l'observa tandis qu'elle lui racontait que le groupe avait vu des éléphants pygmées un peu plus tôt dans la soirée.

— C'était fantastique...

Fasciné par l'enthousiasme qui perçait dans sa voix, il en oublia les hommes qui dînaient sur la terrasse.

— J'ai pris des photos et je crois même que j'ai une ou deux vidéos, dit-elle en prenant son téléphone.

Carter n'aimait pas les photos de touristes ni les photos en général. D'ordinaire, quand quelqu'un sortait son mobile pour lui en montrer, il s'esquivait. Malgré tout, il regarda le cliché de mauvaise qualité sur le téléphone basique que Grace lui tendit. Et il fit une découverte. Les éléphants n'étaient pas les seuls à ne jamais oublier... Il était soudain assailli par le souvenir de jours très anciens pleins d'insouciance passés en compagnie d'Arif à suivre la piste des éléphants pygmées. Quand ces derniers apparaissaient au bord du fleuve, tout s'arrêtait. Même les Ibans les plus habitués à ce spectacle ne pouvaient s'empêcher de faire une pause pour les contempler, un large sourire aux lèvres. Son père aussi avait toujours été en admiration devant eux. « Carter, regarde ! » Il y avait une éternité qu'il ne s'était pas remémoré la voix de son père avec une telle précision... Mais Grace ne pouvait pas savoir ça, bien sûr.

— C'est le spectacle le plus fascinant que j'aie jamais...

Grace s'interrompit brusquement et reposa son téléphone sur la table.

— Vous en avez sans doute vu des milliers de fois.

Il faillit hocher la tête, mais il se ravisa. Il était tentant de changer de sujet pour interrompre le flot de souvenirs, mais il y avait une telle ferveur dans la voix de Grace... Il n'avait pas envie de l'empêcher de parler. Et curieusement, pour la première fois, ses souvenirs n'étaient pas douloureux.

— Pas depuis longtemps, répliqua-t-il en se levant pour déplacer son fauteuil et s'installer à côté d'elle.

— Là, c'était plus tôt, dit-elle en lui montrant une nouvelle photo. Nous les avons d'abord vus au bord du fleuve.

Il s'efforça de se concentrer sur l'écran au lieu de laisser son regard s'attarder sur ses doigts de pied délicats aux ongles vernis de corail.

— C'est un gros troupeau, commenta-t-il.

— Il y en avait onze, peut-être douze… dont deux éléphanteaux adorables.

Elle lui montra une vidéo tremblante des éléphants en train de manger et de se baigner tout en battant des oreilles, inconscients des spectateurs. Oh ! comme il se souvenait bien de ce genre de scène ! Malgré sa détestation des photos de vacances, Carter se surprit à regarder avec intérêt celles de Grace.

— Nous étions sur le chemin du retour quand ils ont fait une nouvelle apparition. Je crois que Felicity n'avait pas du tout prévu ça ! Nous avons été obligés de nous arrêter pour les laisser traverser le fleuve, expliqua-t-elle d'une voix vibrante d'excitation. La nuit tombait, si bien qu'on ne voit pas très bien…

— Je peux ?

Il prit le téléphone et regarda la vidéo, ému par l'exclamation que Grace laissait échapper à la vue d'un nouvel éléphant, suivie par un petit cri de pur plaisir quand un éléphanteau disparut sous l'eau.

— J'ignorais qu'ils savaient nager, reconnut-elle. Et ensuite…

Il sentit une boucle folle effleurer son visage, tandis qu'elle penchait la tête vers lui. Ils regardèrent ensemble une mère pousser son petit pour le faire remonter sur la rive boueuse, tandis que les aînés attendaient patiemment que tout le monde soit rassemblé.

— Ils prennent vraiment soin les uns des autres.

— En effet, acquiesça-t-il. Une fois, j'ai cru…

Il s'interrompit, l'esprit accaparé par ses souvenirs, et elle attendit patiemment qu'il soit prêt à poursuivre.

— Une fois, j'ai cru que j'avais trouvé un éléphanteau abandonné.

— Oh ! mon Dieu. Qu'avez-vous fait ?

— Rien… heureusement ! Arif m'a prévenu que le troupeau n'était pas loin. Ça aurait pu mal tourner si je l'avais touché.

— Arif ? Le guide de ce lodge ?

— Oui.

Alors que Carter et elle regardaient l'écran désormais vide de photos, Grace avait une conscience aiguë de leur proximité. Elle ne pouvait s'empêcher d'être fascinée par sa longue cuisse musclée toute proche de la sienne, par ses longs doigts fins qui tenaient son téléphone… Depuis leur rencontre à l'aéroport, elle avait fait de son mieux pour le chasser de son esprit, et à présent qu'il était au lodge elle s'efforçait de le traiter comme n'importe lequel de ses compagnons de voyage. Mais malgré tous ces efforts, impossible de maîtriser les battements de son cœur… Il lui rendit son portable, et leurs doigts se frôlèrent de nouveau. Électrisée, elle reposa l'appareil sur la table en déglutissant péniblement.

— Merci. C'est agréable de montrer ses photos à quelqu'un.

— Vous ne passez pas le dîner à vous les montrer les uns aux autres ?

— Je ne suis pas vraiment…

Elle hésita. Comment lui dire qu'elle était un peu à l'écart du groupe ? Ce n'était pas très facile à admettre.

— Il y a surtout des couples… Et puis ils ne comprennent jamais mes plaisanteries. En fait, ils sont très ennuyeux.

— J'essayerai de me souvenir de rire.

Carter ne semblait pas du genre à rire très souvent, et pourtant il la faisait sourire avec une facilité déconcertante. Et il semblait lui prêter une attention toute particulière. Le regard de ses yeux gris ardoise était très troublant. Elle n'avait plus seulement le cœur qui battait trop vite. Tout son corps était envahi par une douce chaleur. Jamais elle n'avait été aussi attirée par un homme. Plus déroutant encore, elle avait l'impression que cette attirance était partagée. Mais c'était une illusion, bien sûr. Elle était tellement inexpérimentée qu'elle se faisait des idées. Comment un homme comme lui pourrait-il être attiré par une femme comme elle ?

3

— Donc… vous êtes venu voir la maison de votre grand-père ?

À en juger par son attitude et son ton léger, Grace avait décidé d'interrompre leur flirt silencieux. Pendant un moment, il avait bien cru qu'ils allaient s'embrasser, puis se lever pour aller passer la nuit ensemble… Un moment de détente qui serait le bienvenu, mais il n'était pas là pour ça, se rappela Carter. Et puis il appréciait sa conversation. Contre toute attente…

— Oui, acquiesça-t-il.

Il parlait rarement de ses affaires personnelles, mais assis ici, au bord du fleuve, il était plongé dans le passé. Et de toute façon, il ne la reverrait jamais.

— Il nous a légué sa propriété à mon cousin et à moi. Ce qui pose quelques problèmes.

— Vous ne vous entendez pas bien avec votre cousin ?

— Non, confirma-t-il en remplissant leurs verres. Mon grand-père devait avoir perdu la tête quand…

— S'il vous plaît, ne dites pas ça, coupa-t-elle en levant la main.

Sa voix était toujours douce, mais son ton si pressant qu'il la considéra avec perplexité.

— Désolée de vous avoir interrompu, reprit-elle d'un air contrit. C'est juste que je ne supporte pas cette expression. Il se trouve que ma mère est *réellement* en train de perdre la tête.

— Je vous présente mes excuses pour ces paroles maladroites.

— Ce n'est rien. Je n'aurais pas dû en parler.

Que lui avait-il pris d'aborder ce sujet avec quelqu'un qu'elle connaissait à peine ? se demanda Grace avec perplexité.

— Quand vous dites qu'elle perd la tête...

Elle déglutit péniblement.

— Elle est atteinte de démence.

— Elle doit être jeune ?

— Oui. Elle vient juste d'entrer dans une maison de santé. Un établissement très bien.

Elle en avait assez dit, décida-t-elle. Ce n'était vraiment pas une conversation plaisante. Mais contre toute attente, Carter demanda :

— Il y a longtemps qu'elle ne va pas bien ?

— Quelques années... Au début je n'y ai pas prêté attention.

Elle lut dans les yeux de Carter un intérêt sincère. Et peut-être à cause du vin, ou de la distance qu'elle avait réussi à prendre pendant une semaine, elle se sentit pour la première fois capable de revenir sur cette période déroutante.

— Peu à peu elle est devenue...

Comment dire ?

— Elle avait des réactions étranges.

— Je suppose que c'est un euphémisme.

— Pas au début. C'était difficile à définir. Je me rendais juste compte que quelque chose n'allait pas. J'essayais de rationaliser son comportement.

Elle eut un pâle sourire.

— Oubliez ça.

— Les autres membres de votre famille s'en rendaient-ils compte ?

— À part nous deux, il y a une tante et une cousine, mais elles n'étaient pas très attentives à tout ça... J'ai dû quitter l'appartement que je partageais avec mon amie Violet et je suis retournée chez ma mère. Violet passait de temps en temps, et un jour ma mère l'a accusée d'avoir volé un collier.

Grace déglutit péniblement. Elle avait cessé de pleurer depuis très longtemps, mais ce souvenir était l'une des rares choses qui risquait encore de la faire fondre en larmes.

— Je n'ai pas vraiment cru mon amie coupable... Mais je ne l'ai pas défendue comme je l'aurais dû.

Les cigales s'étaient tues, comme si elles écoutaient elles aussi le récit de Grace. Mais tout à coup, un éclat de rire provenant de la terrasse la ramena au présent.

— C'est ce qui m'a décidée à consulter notre médecin de famille.

Elle rencontra le regard bienveillant de Carter.

— Quand on m'a annoncé le diagnostic, ma première réaction a été de me demander avec inquiétude si c'était héréditaire. C'est très égoïste, n'est-ce pas ?

— Je trouve que c'est une réaction naturelle. Moi, dans la même situation, j'aimerais savoir.

— Il s'est avéré que le type de démence dont elle souffre ne l'est pas. C'est juste une maladie cruelle... J'avais réservé ce voyage avant d'avoir conscience du problème et je l'ai d'ailleurs reporté plusieurs fois.

— Je comprends. Mais vous semblez dire qu'elle est bien prise en charge ?

— Oui...

Elle se força à sourire. Inutile de s'étendre sur le sentiment de culpabilité qui la rongeait.

— Elle a la possibilité de chanter dans une chorale, de faire du jardinage... Sa vie sociale est plus riche que la mienne !

Carter ne lui rendit pas son sourire. Cependant, ce n'était pas comme si une fois de plus une de ses plaisanteries tombait à plat. Il donnait plutôt l'impression de vouloir lui laisser le temps de faire une pause avant de poursuivre. Mais elle lui en avait déjà dit beaucoup. Elle avait même du mal à croire qu'elle s'était confiée à ce point à cet homme.

— Désolée de vous avoir imposé mes problèmes. Je n'en ai parlé à personne ici.

Elle leva les yeux alors que les jeunes mariés passaient devant leur table, et elle répondit à leur salut.

— Bonne nuit.

— Les jeunes mariés ? demanda Carter.

Elle hocha la tête.

— Et ils passent leur soirée à jouer aux cartes ?

Incroyable, non ? faillit-elle répliquer. Mais elle se ravisa. Après tout, qui était-elle pour se moquer d'eux, elle qui n'avait pas de vie sexuelle. Malgré tout, si elle était en voyage de noces... avec quelqu'un comme... Elle posa son verre sur la table.

— Il faut que j'aille me coucher. Demain matin, départ à l'aube. C'est ma dernière chance de voir des orangs-outans !

— Bonne chance.

Carter posa son verre à son tour et se leva.

— Je vous raccompagne à votre villa.

— Oh ! ce n'est pas nécessaire... elle est juste là.

Sa villa n'était qu'à une dizaine de mètres, mais Carter insista.

— C'est tout à fait nécessaire, au contraire. Nous avons de la compagnie.

Il indiqua d'un signe de tête la clôture qui bordait l'allée. Un groupe de macaques perchés dessus les observaient tranquillement.

— Je ne les avais même pas remarqués, reconnut-elle avec un petit rire nerveux.

— Ce sont des chapardeurs redoutables. Ils sont capables de semer le chaos en quelques minutes. Attendez-moi, je reviens dans un instant.

Il prit la bouteille et les verres, et s'éloigna pour les rapporter où il les avait trouvés.

Ils n'étaient pas les seuls à être capables de semer le chaos ! songea Grace en rangeant son téléphone dans son sac. Au bout d'une heure en sa compagnie, subjuguée par le regard de ses yeux gris, elle était complètement déstabilisée. Si elle avait décidé de mettre fin à la soirée, ça n'avait rien à voir avec l'heure matinale à laquelle elle devait se lever. Elle avait juste désespérément besoin de prendre ses distances pour se ressaisir.

— C'est celle-ci, dit-elle en montrant sa villa dès qu'il revint.

Il la conduisit jusqu'à sa porte sous le regard curieux des singes.

— C'était une bonne surprise de vous revoir, Grace.

— Pour moi aussi.

Elle prit sa clé dans son sac et leva les yeux vers lui. Tout à coup, elle n'éprouvait plus le besoin de prendre ses distances. Ni de se ressaisir ! Elle avait au contraire très envie de se laisser aller, d'explorer ces sensations toutes nouvelles qu'il déclenchait en elle, de l'embrasser... Comme s'il lisait ses pensées dans son regard, il écarta une mèche folle de son visage et la cala derrière son oreille. Un intense soulagement la submergea. Elle ne s'était pas trompée. Son attirance était partagée. La main de Carter s'attarda sur sa joue, dissipant ses derniers doutes. Jamais elle ne s'était sentie aussi sereine... ni aussi excitée. Si elle savait comment faire, elle l'encouragerait à l'embrasser...

Carter hésitait. Il était tentant de goûter à cette bouche sensuelle. Très tentant... Il mourait d'envie de prendre cette beauté fascinante dans ses bras, et de sentir son corps mince et souple contre le sien. Mais elle n'avait pas l'habitude de ce genre de situation. Il connaissait assez bien les femmes pour en avoir la certitude. Il réprima un soupir. Elle avait envie de ce baiser autant que lui. C'était flagrant. Mais s'il l'embrassait, ils ne s'arrêteraient sûrement pas là. Et elle le regretterait. Parce que au petit matin il partirait sans un regard en arrière. Malgré tout... L'air était chargé d'électricité. Les lèvres légèrement entrouvertes, elle le regardait, comme envoûtée. Il était de plus en plus difficile de résister à la tentation... Un roucoulement caractéristique émis par un des singes perchés sur la clôture ramena Carter à la raison.

— Bonne nuit, Grace.

La confusion assombrit le regard des yeux de jade. Elle se sentait sans aucun doute rejetée. Il aurait préféré le lui épargner, mais c'était mieux ainsi. Elle ignorait qu'il avait un cœur de marbre. Ces splendides yeux verts ne voyaient pas qu'il n'avait rien, absolument rien d'autre à offrir que du sexe.

— Vous feriez mieux de rentrer, dit-il en retirant la main de sa joue.

Puis il attendit qu'elle sorte sa clé de son sac.

Grace dut s'y reprendre à deux fois pour introduire la clé dans la serrure. Quelle humiliation… L'homme le plus sexy qu'elle avait jamais rencontré l'envoyait se coucher sans même un baiser ! Elle était pourtant persuadée qu'il allait l'embrasser. Heureusement qu'elle avait pris l'habitude de dissimuler ce qu'elle ressentait… Après avoir ouvert la porte, elle parvint à sourire.

— Bonne nuit.

— Dormez bien.

Elle referma la porte derrière elle et s'y adossa. Jamais elle ne s'était sentie aussi embarrassée ! Comment avait-elle pu se tromper à ce point sur les intentions de Carter ? Et dire qu'elle lui avait longuement parlé de sa mère… Pas étonnant qu'elle ne soit pas sortie avec un homme depuis des siècles. Elle enleva son sarong et entra dans la douche. Le dernier, c'était ce gars à l'institut de formation à l'enseignement. Comment s'appelait-il ? Elle ne s'en souvenait même pas. La douche ne suffit pas à apaiser son corps vibrant de frustration. Ses joues étaient encore brûlantes quand elle se brossa les dents, enveloppée dans une serviette. Une fois au lit, elle entendit les singes trottiner sur le toit. Mais très vite, même eux l'abandonnèrent. Un profond soupir lui échappa. Elle aurait tellement aimé que Carter Bennett l'embrasse !

Juste avant de sombrer dans le sommeil, elle osa enfin s'avouer la vérité. Elle aurait aimé qu'il aille beaucoup plus loin qu'un simple baiser…

4

Les cauchemars étaient de retour.

Carter croyait en être définitivement débarrassé, mais après plus de vingt ans d'absence ils revenaient. Comme toujours, ils commençaient de manière anodine. Il se trouvait à l'aéroport de Kuala Lumpur et il était en train d'afficher sa carte d'embarquement sur son téléphone. Soudain il entendait la voix de son père. « Carter, regarde ! » Déconcerté, il se retournait et voyait Grace puis son passeport tombé par terre. Comme dans la réalité, il décidait que ce n'était pas son problème. Mais très vite il avait des remords et il se sentait obligé d'intervenir. Il l'appelait. « Grace ! » Comme elle ne réagissait pas, il l'appelait une seconde fois. « Grace ! » Puis il se rappelait qu'elle ne pouvait pas l'entendre. Et tout d'un coup elle était réellement la Belle au bois dormant. Elle n'était plus assise sur un siège d'aéroport mais allongée sur un autel en verre. Au lieu d'un cordon, c'était la forêt qui les séparait, et son passeport était en train de s'enfoncer dans le marécage qui l'entourait. « Grace ! » Il essayait encore de l'appeler. De la prévenir qu'elle ne pourrait jamais rentrer chez elle si elle perdait son passeport. Et que surtout elle ne devait pas s'aventurer dans la forêt. Si elle le faisait...

Même dans son sommeil, Carter ne s'autorisa pas à aller au bout de sa pensée. Même dans son sommeil, il refusa de se souvenir. Il se réveilla en sursaut, comme il s'était entraîné à le faire plus de vingt ans plus tôt. Heureusement, il lui fallut moins d'une seconde pour se rappeler où il se trouvait. Le bois sombre, les poutres, et en fond sonore les bruits d'une forêt qui n'était jamais vraiment silencieuse. Bon sang ! Il se leva en se maudissant. Que lui avait-il pris de revenir ? Surtout par le fleuve... Il s'aspergea le visage et vit les cernes sous ses yeux. Pour une fois, ils étaient dus au manque de sommeil et pas au sexe. Il avait très envie de Grace, mais elle était trop vulnérable pour avoir affaire à un homme comme lui. Il allait employer son énergie à une activité moins destructrice. Avec un peu de chance, nager lui ferait du bien. Il trouva dans ses bagages, faits par son assistante, un short de jogging qu'il enfila. Puis il noua un sarong sur ses hanches. La migraine qui lui vrillait le crâne ne fut pas apaisée par l'air chaud et humide lorsqu'il sortit de sa villa. Même l'eau était trop chaude quand il plongea. Le jour ne s'était pas encore levé qu'il paraissait déjà interminable.

Au réveil, Grace était toujours mortifiée. Heureusement, Carter lui avait dit qu'il partait aujourd'hui. Avec un peu de chance, elle ne se retrouverait plus jamais en face de cet homme qu'elle avait... Qu'elle avait quoi ? Elle ne s'était pas jetée dans ses bras. Elle avait juste... Espéré... Pensé que peut-être... Alors qu'elle se dirigeait vers le débarcadère, elle rencontra Arif.

— Bonjour ! s'exclama-t-il en souriant. Il y a une surprise ce soir.

Il indiqua le ciel.

— À plus tard. Felicity t'expliquera.

— Merci.

Elle vit le regard d'Arif se diriger derrière elle. Un sourire joyeux éclaira son visage, puis il s'exclama :

— Enfin !

Elle déglutit péniblement. Était-ce Carter qu'Arif saluait ainsi ? Elle en eut la confirmation quand une voix familière répondit :

— Bonjour, Arif.

Le cœur battant, elle se retourna. Et elle déglutit péniblement.

Un sarong noué sur les hanches, Carter sortait visiblement de l'eau et c'était un spectacle pour le moins déstabilisant... Elle dut faire un effort pour ne pas le dévorer des yeux. Mais comment ignorer ces bras musclés ? Cette fine toison noire sur son torse ?

— Bonjour, dit-elle en se forçant à sourire.

Puis elle remarqua sa pâleur et les cernes profonds sous ses yeux. Il avait une mine épouvantable. Rien à voir avec hier soir. Si Arif n'était pas là, elle lui demanderait s'il allait bien. Mais il n'apprécierait sans doute pas sa sollicitude puisqu'il ne lui rendait pas son sourire...

Il lui adressa un vague signe de tête avant de dire à Arif :

— Je vais nous chercher du café.

Elle serra les dents et poursuivit son chemin vers le débarcadère.

— La voici ! s'exclama Felicity, visiblement pressée de partir. Très bien, tout le monde est là.

Alors que le bateau démarrait, Grace vit Carter et Arif assis l'un en face de l'autre sur la terrasse. Elle détourna les yeux. C'était leur dernière excursion en bateau. Demain, ils allaient dans la forêt. Pas question de gâcher cette journée en pensant à Carter. Le jour naissant vu du fleuve était trop beau. Des hérons rasaient l'eau, et les arbres fourmillaient de vie. Le spectacle des petits singes arboricoles qui jouaient à se poursuivre et à sauter dans les branches devrait l'aider à oublier la soirée d'hier. Cet espoir fut déçu. Elle était poursuivie par le souvenir de petites choses. Des toutes petites choses... Il avait regardé – avec attention – la vidéo des éléphants. Et il lui avait raconté qu'un jour il avait trouvé un éléphanteau. Il n'avait pas paru la trouver ennuyeuse. Et puis il était la première personne à qui elle parlait de sa mère. Enfin, en dehors de Violet, de son horrible cousine Tanya, des médecins, des infirmières... Mais il était le premier à qui elle en avait parlé non pas parce qu'elle ne pouvait pas faire autrement, mais parce qu'elle en avait éprouvé le besoin.

— Pas de chance !

La voix de Felicity ramena Grace au présent. Apparemment, elle ne verrait pas d'orangs-outans.

— Juste un nid, ajouta Felicity en baissant ses jumelles et en lui souriant. Je sais que tu avais très envie d'en voir un.

— Pas seulement un ! J'aurais voulu voir une famille.

Plus tard, à la fin de l'excursion, quand le bateau fit demi-tour et prit la direction du lodge, au lieu de scruter le feuillage des arbres à la recherche de signes de vie, Grace laissa de nouveau Carter envahir son esprit. Sans vraiment remarquer que l'embarcation avait ralenti, ce qui arrivait à chaque fois qu'ils passaient devant une maison longue.

— Il s'est bien camouflé.

La voix de Felicity arracha Grace à sa rêverie. Allait-elle enfin voir un orang-outan ? Elle leva les yeux vers les arbres avant de se rendre compte que Felicity pointait du doigt la berge.

— Quel âge… ? demanda Randy, tandis que Corrin réglait son appareil-photo.

— Six mois, peut-être… En tout cas moins d'un an…

Grace vit alors le minuscule crocodile qui se reposait, la gueule ouverte. Sans doute pas plus long que son avant-bras, il était adorable.

— Les crocodiles marins posent de gros problèmes aux habitants, poursuivit Felicity. Les chiens et les poulets sont des proies faciles, mais ils peuvent aussi bien s'attaquer aux enfants ou aux pêcheurs…

— C'est ce qui est arrivé à la famille Bennett, intervint Randy. Trois morts…

— En fait, il n'est pas prouvé que les trois ont été tués par le crocodile, précisa Felicity. On pense que le père s'est noyé en tentant de sauver sa femme et leur bébé… Ce petit que vous voyez vous paraît peut-être mignon, mais il pourra atteindre plus de six mètres de long. Et il a une espérance de vie de soixante-dix ans environ.

— Bennett ? demanda Grace.

N'était-ce pas le nom de famille de Carter ?

— Tu n'étais sans doute pas née quand c'est arrivé, répliqua Randy.

Puis il demanda à leur guide :

— N'est-ce pas dans la propriété des Bennett que tu loges ?

— Si.

Felicity expliqua qu'elle bénéficiait d'une subvention pour ses recherches et de l'hébergement dans la propriété de Wilbur Bennett. Grace avait beau s'efforcer de l'écouter, elle avait du mal à se concentrer sur ses paroles. Était-ce la famille de Carter qui avait été tuée ? Sans qu'elle pose la question à voix haute, Randy le confirma.

— Je l'ai vu ce matin à la piscine. Il a le dos dans un état épouvantable. C'est dommage qu'il ait décidé de transformer la propriété en plateau de tournage, mais on ne peut pas le blâmer de ne pas y être attaché.

— Ce ne sont que des rumeurs, objecta Felicity, visiblement gênée.

Le projet de son cousin Benedict avait largement dépassé le stade de la rumeur. Carter venait d'être informé des derniers développements de l'affaire par Arif.

— Je ne savais pas si je devais t'appeler, reconnut Arif. Je n'étais pas sûr que tu aurais envie de savoir.

— Eh bien, maintenant je sais. Et je vais faire le nécessaire.

Ils discutaient depuis deux bonnes heures, et Arif ne semblait pas enthousiasmé par les solutions de Carter.

— Avocats, procès… Ça va prendre du temps. Il faut les arrêter *maintenant*. Il y a même des producteurs qui logent ici, mais qui se sont bien gardés de se présenter comme tels.

— J'ai vu.

— Ils partent ce matin, heureusement. Mais ils préfèrent l'hélicoptère au bateau et ils empruntent ton héliport.

— Pas ce matin.

— Un bateau est déjà réservé pour les y conduire. Ils ont l'autorisation de Benedict.

— Mais pas la mienne. Hier soir, avant d'aller me coucher, je suis allé les voir sur la terrasse. Je les ai informés que je leur refusais l'accès à l'héliport et à tout le reste. Je leur ai également précisé que, quoi que leur ait dit Benedict, je ne vendrai jamais.

— Bien.

Les groupes qui rentraient d'excursion commençaient à arriver pour prendre leur petit déjeuner. Carter s'apprêtait à se lever dans l'intention de poursuivre la conversation dans le bureau d'Arif quand il vit Grace qui s'avançait vers le buffet. Elle se servit un jus de fruits et jeta un coup d'œil dans leur direction, puis se détourna aussitôt. *Parfait*, songea-t-il. Il valait beaucoup mieux qu'ils s'évitent.

Alors qu'ils se dirigeaient vers les locaux administratifs, Arif laissa échapper un petit rire à la vue des producteurs qui s'épongeaient le front en embarquant à bord d'un bateau. Le voyage pour rejoindre l'aéroport serait plus long et plus pénible que s'ils prenaient l'hélicoptère. Cette idée était réjouissante, mais Carter les remarqua à peine. Il sentait le regard de Grace sur son dos. Sur ses cicatrices... Il avait beau y être habitué, il devait lutter contre l'envie de se détourner pour les lui cacher.

Dans le bureau, Arif lui détailla à l'aide d'une carte les perturbations causées par les initiatives de son cousin.

— Une brève de Schwaner a abandonné trois œufs ici, dit-il en indiquant un énième point sur la carte. Et Felicity a des données sur le calao à casque rond, devenu très rare mais qui commençait à réapparaître. Jusqu'à l'arrivée des drones.

Très affecté, Arif parlait d'un ton véhément. En fin d'après-midi, il suggéra qu'ils aillent faire un tour. Le jardin du lodge était très vaste et entouré d'une promenade en planches qui longeait la forêt. Celle-ci était une véritable oasis de biodiversité qu'ils tenaient tous les deux à protéger.

— Comment se fait-il que tu travailles toujours comme guide ? demanda Carter. Je croyais que tu étais accaparé par la coordination des différents projets.

— J'essaye de laisser les chercheurs faire leur travail. Ils n'ont pas besoin que je sois toujours derrière eux. Au fait, je sais déjà qu'il y a deux nouveaux bébés orangs-outans ce mois-ci sur ta propriété.

Carter pensa aussitôt à Grace. C'était dommage qu'elle n'ait pas vu les deux bébés.

— Regarde...

Arif sauta par-dessus la clôture en bois et jeta un coup d'œil en arrière comme pour inviter Carter à le suivre. Mais il ne fit pas de commentaire quand Carter ne bougea pas. En voyant disparaître son ami dans la végétation, Carter fut assailli par une bouffée d'angoisse qu'il s'efforça d'ignorer. Il repéra les branches fraîchement cassées qui avaient attiré l'attention d'Arif et poussa un soupir de soulagement quand ce dernier revint.

— Tu as vu quelque chose ?

— Des traces d'éléphants pygmées. Les groupes les ont vus hier soir, c'est pour ça qu'ils sont rentrés tard...

— J'ai entendu dire ça.

Tandis qu'ils reprenaient leur marche en silence, Carter pensa de nouveau à Grace. Hier soir il avait vu les éléphants à travers ses yeux à elle, comme si c'était la première fois. Son rire et son émerveillement avaient redonné à la forêt un peu de son attrait et de sa magie. Sans le vouloir, elle avait réveillé en lui le souvenir de jours heureux...

— Tu te souviens du jour où je suis tombé sur cet éléphanteau ? J'étais persuadé qu'il était perdu.

Arif pouffa.

— Le troupeau veillait. La mère n'aurait pas apprécié que tu t'approches de lui. Elle aurait attaqué.

C'était la première fois qu'ils évoquaient l'époque antérieure à l'accident... une époque où ils étaient juste adolescents et amis. Carter le regretta aussitôt, parce que Arif sauta sur l'occasion.

— Est-ce que tu penses parfois à retourner dans la forêt... là où c'est arrivé, et là où tu as été trouvé ? demanda-t-il comme il l'avait déjà souvent fait. Mon père est trop vieux aujourd'hui, mais si tu le souhaites je t'accompagnerai, bien sûr. C'est bientôt l'anniversaire. Ça t'aiderait peut-être...

— À quoi ? coupa Carter d'un ton vif. J'ai survécu et je m'en réjouis. J'ai tourné la page. Je ne vois pas l'intérêt d'aller là-bas.

Il n'avait pas besoin non plus qu'on lui rappelle la date anniversaire. Lorsqu'ils prirent le chemin du retour, la nuit tombait.

— Reste pour le dîner, proposa Arif. C'est la nouvelle lune, donc nous mangerons un peu plus tard que d'habitude. Nous serions heureux que tu te joignes à nous.

— Je crois qu'il vaut mieux que je parte pour la propriété. Je prendrai contact avec Jonathon pour lui demander d'accélérer les démarches.

Alors qu'ils arrivaient devant le bureau d'Arif, Carter promena son regard autour de lui. Pourquoi ne pouvait-il pas s'empêcher d'espérer apercevoir Grace ? Oui, il valait beaucoup mieux qu'il s'en aille.

— Nous nous reverrons bientôt. Je te tiens au courant.

— Je vais demander qu'on porte tes bagages au bateau.

Arif eut une hésitation.

— Mais d'abord...

Il indiqua la porte du bureau d'un signe de tête.

— J'ai quelque chose qui t'appartient.

Carter plissa le front.

— Attends-moi un instant, ajouta Arif. Je dois aller voir Jamal.

Il n'était pas dans les habitudes de Carter de rester à la porte d'un bureau en attendant qu'on soit prêt à le recevoir, mais il attendit, perdu dans ses pensées.

— Salut...

Il leva les yeux. Grace était devant lui, les cheveux ébouriffés, vêtue d'un haut jaune citron. Son visage avait pris des couleurs depuis l'aéroport, et son nez était parsemé de taches de rousseur. Elle semblait un peu sur ses gardes mais contente qu'il soit encore là. *Allez-vous-en tout de suite*. C'était le conseil qu'il faudrait lui donner. Parce que, sinon, avec son cœur de marbre il assombrirait bientôt le regard de ces beaux yeux verts.

— Je pensais que vous étiez parti, dit-elle.

— Je suis sur le point.

— Oh.

Elle semblait attendre qu'il lui donne des précisions, mais il resta délibérément silencieux. Mais comment résister à l'envie de promener son regard sur ce corps mince aux courbes délicates ? Malgré la chaleur, les pointes de ses seins étaient hérissées sous le fin coton jaune. Quelle tentation... Il mourait d'envie de les toucher, de les goûter... Il baissa les yeux sur ses baskets dans l'espoir de chasser ce genre de pensées de son esprit. Mais comment ne pas être fasciné par ses longues jambes dorées ? Comment ne pas imaginer dans ces baskets ses pieds délicats aux ongles vernis de corail ?

Il était tentant également de la rassurer, de la délivrer du doute qui perçait dans sa voix. Oui, elle avait raison... Son attirance était partagée et il aimerait le lui avouer. Résistant au désir de la prendre dans ses bras, Carter resta nonchalamment appuyé contre le mur, feignant l'indifférence.

— Bon..., dit-elle d'une voix hésitante, rompant le silence qui se prolongeait. Heureuse de vous avoir rencontré.

Il se contenta d'un bref hochement de tête.

— Il faut que j'aille me préparer pour le dîner..., reprit-elle du même ton incertain.

Il arqua les sourcils et leva les yeux vers le ciel qui s'obscurcissait. Les soirs de nouvelle lune, le dîner était servi plus tard. C'était la coutume au lodge, il le savait. Mais le lui faire remarquer reviendrait à engager la conversation.

— D’accord, dit-il sobrement.

À cet instant, Jamal sortit du bureau.

— Arif est prêt.

Elle lui adressa un sourire teinté de compassion.

— Ça m’a fait plaisir de vous voir, Carter.

— Merci.

Il s’écarta du mur et lança à peine un coup d’œil à Grace avant d’entrer dans le petit bureau, dont les murs étaient garnis de photos de la forêt ainsi que de guides divers. Arif l’attendait debout et il lui demanda de fermer la porte derrière lui avant de déclarer :

— Tu as dit que tu ne voyais pas l’intérêt de retourner sur le lieu de l’accident ?

— Non, rectifia Carter. Je ne vois pas l’intérêt que *moi* j’y retourne.

— J’ai trouvé ça, dit Arif, les yeux embués de larmes. Ce n’est pas à moi, je ne peux pas le garder.

Il poussa un petit pochon de soie sur le bureau. Carter baissa les yeux dessus, mais ne fit pas un geste pour le prendre. Arif desserra alors le cordon et fit glisser sur la table un objet en argent massif.

Autour de Carter les murs semblèrent s’écrouler. Dans son esprit venait de surgir le souvenir de centaines de fois où il avait tendu cet anneau de dentition à Hugo. Où il avait vu le sourire ravi de son frère dévoiler une unique dent minuscule, puis sa petite main potelée se tendre pour saisir l’anneau et le porter à sa bouche. Quand il retrouva sa voix, elle était étranglée.

— Où as-tu trouvé ça ? demanda-t-il en évitant l’anneau du regard.

— Près du lieu de l’accident.

— Mais chaque millimètre carré a été passé au peigne fin...

Carter s’interrompit. Était-il vraiment possible de passer la forêt au peigne fin ? Non, bien sûr...

— Quand ?

— Il y a un an. Presque... J’y suis retourné à la date anniversaire. Je disposais des offrandes de la part de ton grand-père quand j’ai vu quelque chose briller... Je me souviens qu’une fois tu as demandé à ta mère si ton frère ne risquait pas de se casser les dents sur son anneau.

Après une hésitation, Carter baissa de nouveau les yeux sur l'anneau si familier. Il avait appartenu à son grand-père, à son père, à lui, puis à Hugo. Poli avec amour pour chaque nouveau bébé. Et de toute évidence, Arif ou Jamal avait passé des heures à le polir de nouveau. Il aimerait pouvoir le prendre, le tenir dans sa main, mais il n'avait pas l'intention de se mettre à pleurer. Pas question de donner libre cours à ses émotions. Il préférait ne pas en éprouver du tout.

— Je sais que tu dois…

— Tu n'as pas la moindre idée de ce que je ressens, coupa-t-il.

— C'est bien le problème. Tu refuses de ressentir quoi que ce soit ! s'exclama Arif.

Il était sans doute la seule personne sur la planète à pouvoir se permettre de parler à Carter aussi franchement. Mais ils se connaissaient depuis l'époque où on les appelait encore Ulat l'un et l'autre. Il prit l'anneau et le tendit à Carter.

— Tu ne veux même pas le toucher ?

— Tu aurais dû le laisser là-bas.

— Pourquoi ?

— Parce que c'est sa place. Avec lui. À l'endroit où tu l'as trouvé.

Carter n'était pas superstitieux, mais c'était une évidence qui s'imposait à lui.

— Je pense qu'il doit être rapporté là-bas.

— C'est à toi de décider.

— Le jour de l'anniversaire, précisa Carter avec un immense soulagement.

Mais celui-ci fut de courte durée. Arif s'était mépris sur ses intentions.

— J'ai une conférence ce jour-là mais, si tu veux que je t'accompagne, je l'annulerai.

— Je voulais dire que c'était à toi de le rapporter.

— Non, c'est à toi qu'il appartient, objecta Arif d'un ton ferme en remettant l'anneau dans le pochon. Je vais le faire mettre dans tes bagages.

Carter serra les dents. Pas question de supplier Arif.

— Très bien. Je te ferai signe.

Il quitta le bureau, puis hésita. Avant de partir, il devait attendre que ses valises soient portées sur son bateau. Et à vrai dire, avant d'affronter ce voyage, il avait besoin de se ressaisir. *Je ne te remercie pas, Arif !* Il passa devant la terrasse déserte et rejoignit la promenade en planches. S'appuyant contre la clôture en bois, il leva les yeux vers le ciel sans lune. Bon sang, il n'avait aucune envie d'être là ! Si Benedict apparaissait maintenant, il serait tenté de lui céder toute la propriété pour pouvoir s'en aller au plus vite... Un petit cri étouffé l'arracha à ses pensées. Il se retourna. Grace était à quelque pas de lui et elle avait dû être effrayée à la vue de sa silhouette dans la pénombre.

— Ce n'est que moi, dit-il.

Grace porta la main à sa poitrine et poussa un soupir de soulagement. Mais son cœur battait toujours à grands coups.

— Que faites-vous ici ? demanda Carter.

Elle haussa les épaules, prête à poursuivre son chemin, toujours blessée par la froideur dont il avait fait preuve à son égard un peu plus tôt. Mais elle se ravisa. Elle n'avait aucune envie d'avoir l'air revêche.

— J'ai raté le départ de la promenade de ce soir. Je savais que le dîner n'était pas à la même heure que d'habitude, mais je crois que j'ai un peu tout mélangé.

— C'est la nouvelle lune. Felicity ne vous en a pas parlé ?

— Sans doute, mais je ne devais pas écouter, répliqua-t-elle en haussant les épaules.

Pas question d'admettre qu'elle avait passé la plus grande partie de la journée à essayer de ne pas penser à lui. Sans y parvenir... Mais à en juger par ses traits crispés, il était très tendu ce soir.

— Je vous laisse en paix, dit-elle en s'apprêtant à poursuivre son chemin.

— Il est impossible de trouver la paix ici.

Elle resta un instant silencieuse. Étant donné ce qu'elle avait appris ce matin, elle pouvait le comprendre...

— Aujourd'hui quelqu'un du groupe a parlé de...

Elle prit une profonde inspiration.

— Est-ce votre famille qui a été attaquée ?

— Oui.

— Je suis désolée.

— Ça fait très longtemps.

— Felicity a dit...

— Il y a des tas de rumeurs. Aucune n'est vraie. J'étais là et même moi je ne sais pas ce qui s'est passé.

Il était là ? Elle fut incapable de réprimer un frisson d'effroi. Mais soupçonnant qu'il n'apprécierait pas de savoir qu'il en était la cause, elle s'empressa d'expliquer que l'obscurité la rendait nerveuse.

— J'ai l'impression d'être observée par une centaine de paires d'yeux.

— Des milliers.

— Ne dites pas ça, protesta-t-elle avec un petit rire nerveux. Vraiment ?

— Bien sûr.

Il y eut soudain un hululement, suivi d'un bruissement de feuillage tout proche. Instinctivement, elle se rapprocha de l'autre humain présent. Sauf que cet humain la fit tressaillir encore plus que les bruits de la forêt. Parce qu'il posa la main sur son bras et que ce contact l'électrisa.

— Tout va bien, dit Carter d'une voix apaisante quand un craquement de branchages retentit sous les arbres à quelques mètres d'eux. Ce ne sont que vos amis les éléphants.

— Comment le savez-vous ?

— J'avais l'habitude de...

Il s'interrompit.

— J'avais l'expérience de ce genre de choses.

Ils restèrent silencieux un moment à écouter les bruits qui s'éloignaient peu à peu.

— Ne sont-ils pas trop près ? demanda Grace en regardant d'un air inquiet la clôture en bois.

— C'est leur terre, dit Carter. Les membres du personnel sont en permanence aux aguets. Si les éléphants approchent trop, ils se débrouilleront pour les éloigner. Mais là, le troupeau est assez loin.

Grace portait son sarong, et c'était la première fois qu'il la voyait avec les cheveux lâchés. Un peu plus tôt, il l'avait blessée, se rappela-t-il, pris de remords.

— J'ai été désagréable avec vous tout à l'heure. Je vous présente mes excuses.

— Ce n'est pas grave.

— Si. Vous ne le méritiez pas.

Elle parut hésiter, puis elle déclara :

— Je comprends pourquoi vous vous moquez de ce que deviendra la propriété de votre grand-père, mais... C'est quand même triste de penser aux transformations qu'elle risque de subir.

— Qu'avez-vous entendu dire ? demanda-t-il en la prenant par le bras et en la faisant se déplacer pour qu'elle soit face à lui.

Elle ne devrait pas se montrer aussi docile, songea Grace. Mais c'était un tel soulagement qu'il cesse de l'ignorer ! Et il la regardait de nouveau avec la même intensité que lors de leur rencontre...

— Que racontent les gens ? insista-t-il.

— Que vous allez laisser venir une équipe de télévision.

Elle attendit une réaction, mais il n'en eut aucune.

— Ce serait dommage de défigurer cet endroit, ajouta-t-elle.

— Arif serait d'accord.

— Vous vous êtes querellés ? demanda-t-elle, frappée par son ton crispé.

— On peut dire ça comme ça.

Pas question d'entrer dans les détails, décida Carter. Ni même d'expliquer que ce projet était celui de son cousin. Avec ses boucles dorées qui flottaient sur ses épaules dénudées par le sarong, Grace était plus désirable que jamais. Et ce soir, résister à la tentation semblait insurmontable.

— Vous m'avez manqué la nuit dernière, avoua-t-il.

Elle le regarda d'un air incrédule, les yeux écarquillés et la bouche entrouverte. Cette bouche qu'il s'était forcé à dédaigner… et qu'il n'avait pas la force de dédaigner plus longtemps.

Enfin ! Lorsque les lèvres de Carter effleurèrent les siennes, Grace crut défaillir de joie et de plaisir. Fermant les yeux, elle s'abandonna aux sensations délicieuses qui l'assaillaient de toute part. Une main glissa jusqu'à ses reins, et Carter l'attira contre lui. Le gémissement qu'elle laissa échapper sembla le galvaniser. Comme s'il attendait ce moment depuis longtemps. Depuis aussi longtemps qu'elle… Son baiser n'avait rien à voir avec ceux dont elle avait fait l'expérience quand elle était adolescente. C'était comme une première fois. Elle sentit une paume se refermer sur son sein et le caresser à travers le fin tissu de son sarong. Il faudrait la repousser, lui dire que c'était trop tôt… Mais comment en trouver la force alors qu'elle attendait ça depuis hier soir ? La bouche de Carter quitta la sienne pour couvrir son cou de baisers, tandis que sa main quittait son sein pour se loger de nouveau au creux de ses reins.

— Pourquoi ne m'as-tu pas embrassée hier soir ? demanda-t-elle avec une effronterie qui la surprit aussitôt.

— Chut… Je t'embrasse maintenant.

La bouche de Carter s'attarda à la base de son cou avant de tracer un sillon de baisers sur son épaule.

— Pourquoi ? insista-t-elle malgré elle.

— Parce que tu ne me connais pas.

— Tu ne me connais pas non plus.

S'il savait qu'elle était vierge et s'il avait une idée précise de la vie qu'elle menait, il prendrait sans aucun doute ses jambes à son cou...

— Si tu me connaissais, tu saurais qu'il n'y a rien à attendre de moi, déclara-t-il. Les relations sentimentales, ce n'est pas mon truc.

— Tu penses qu'après un baiser je vais m'imaginer que nous avons une relation ?

— Grace, je pense que nous n'avons ni l'un ni l'autre envie de nous arrêter à un baiser.

Elle frissonna. Impossible de le nier. Comment ne pas avoir envie d'aller plus loin quand elle sentait son sexe durci contre son ventre ?

— Mais comme je viens de te le dire, tu ne me connais pas, poursuivit-il. Je ne m'engage jamais dans une relation.

Elle réprima un soupir. Ils tournaient en rond. Lui non plus ne la connaissait pas. Dans quelques semaines, elle serait de retour chez elle, où l'attendaient tous ses problèmes. Pour l'instant, elle se sentait merveilleusement libre. Libre de saisir cette occasion unique de devenir la femme qu'elle voulait être dans les bras d'un homme.

— Ça m'est égal. Je veux davantage qu'un baiser.

Plongeant son regard dans le sien, il laissa glisser ses mains sur ses fesses.

— Nous pouvons aller dans la propriété de mon grand-père. Avec mon bateau.

— Pourquoi pas dans ta villa ?

— Ici ?

Il lui prit le visage à deux mains.

— Es-tu bruyante au lit ?

Elle sentit ses joues s'enflammer.

— Je ne sais pas...

Impossible de se résoudre à lui dire plus clairement qu'elle n'avait jamais fait l'amour...

5

Carter monta à bord d'un bateau à moteur, puis lui tendit la main. Grace la prit avec joie. Pas d'avenir, pas de sentiments, juste cette nuit, elle le savait. Elle savait aussi qu'elle n'aurait peut-être plus jamais l'occasion de vivre un tel moment de liberté avec un homme aussi séduisant. Quand elle fut à bord, au lieu de lui lâcher la main, il l'attira contre lui et l'embrassa de nouveau.

— Il faut compter une heure de trajet, avec un arrêt en chemin, dit-il en démarrant le moteur. Et bien sûr, je te ramènerai à l'aube pour ton excursion.

— Il n'y a pas de départ à l'aube sur le fleuve, demain. Nous allons dans la forêt.

Carter se raidit. Grace, dans la forêt ?

— C'est Arif qui vous servira de guide ?

— Non, je pense que c'est Felicity.

Il ne dit rien. Il ne connaissait pas Felicity, mais il savait qu'elle n'était pas de Bornéo. Arif ne lui laisserait pas la responsabilité d'un groupe si elle n'était pas compétente, mais n'était-elle pas là que depuis quelques mois ? Carter s'efforça de chasser ces questions de son esprit. Pourquoi gâcher l'instant présent ? Il faisait noir, pas de lune bien sûr, et même les étoiles étaient cachées par de gros nuages. Seules les lumières des maisons longues éclairaient faiblement le fleuve. Quand le bateau s'engagea dans un affluent et fut plongé dans l'obscurité totale, Carter entendit Grace inspirer profondément.

— Tout va bien, murmura-t-il en l'attirant près de lui.

— Verrons-nous les autres bateaux si nous en croisons ?

— Il n'y en a quasiment aucun par ici, répondit-il en prenant plusieurs petites ramifications successives.

Les rives étant plus proches, les branches des arbres se rejoignaient, formant un tunnel naturel. Lorsque le bateau arriva à proximité des mangroves, Carter coupa le moteur.

— Que fais-tu ? demanda-t-elle à voix basse quand il éteignit toutes les lumières.

Il la prit par les épaules et la fit pivoter.

— Regarde.

— Je ne vois ri...

Grace s'interrompit, le souffle coupé. De minuscules lumières vertes et jaunes scintillaient dans le noir par intermittence, comme si les arbres étaient ornés de guirlandes lumineuses.

— Des lucioles...

— Les nuits de nouvelle lune, elles sont particulièrement brillantes. À présent, tu comprends pourquoi le dîner est retardé ce soir et pourquoi ton groupe est de sortie ?

Elle laissa échapper un petit rire joyeux, grisée par la beauté du spectacle. Elle n'avait jamais rien vu d'aussi féerique !

— C'est merveilleux !

Carter fit pivoter Grace vers lui.

— Toi aussi, tu es merveilleuse.

Il avait terriblement besoin d'elle, ce soir... Au-delà des arbres dans lesquels les lucioles offraient un spectacle enchanteur se trouvaient les mangroves où sa famille avait perdu la vie. Et où lui-même avait perdu son cœur.

— Regarde-les encore un moment. Elles vont disparaître dès que je vais rallumer les lumières.

Grace laissa échapper un petit soupir extasié. Pour elle, les lucioles ne disparaîtraient jamais... Avant même d'avoir fait l'amour avec Carter, elle était comblée. C'était comme s'il avait pris une échelle et accroché lui-même les lucioles aux arbres pour lui offrir ce spectacle.

— Merci, dit-elle alors qu'il remettait le moteur en marche.

Enhardie, elle se mit derrière lui et glissa les bras autour de sa taille.

— Merci de m'avoir amenée ici.

Carter détestait cet endroit. Les rares fois où il y venait, il avait l'impression de naviguer en enfer. La végétation touffue avait disparu, et le fleuve était bordé de chaque côté par des mangroves. Heureusement, ce soir, les bras de Grace autour de sa taille et la chaleur de son corps contre le sien l'aidaient à affronter cette partie du fleuve qu'il haïssait.

— C'est ici que c'est arrivé ? demanda-t-elle d'une voix douce, ayant visiblement senti la tension envahir tout son corps.

En temps ordinaire, il ignorerait cette question. Mais il n'y avait pas la moindre note de curiosité malsaine dans la voix de Grace. Ni la moindre exigence. Elle lui offrait juste sa présence apaisante, le laissant libre de répondre ou non.

— Mon père avait amarré le bateau juste là, dit-il en montrant l'endroit. Un pêcheur du coin l'a retrouvé vide.

Sa mère s'était impatientée parce que le bateau ne s'approchait pas assez de la rive à son goût...

Grace comprit que Carter n'avait pas l'intention d'en dire davantage. Elle le comprenait...

— Nous sommes presque arrivés, dit-il en empruntant une nouvelle ramification du fleuve.

Quelques minutes plus tard, elle aperçut des lumières.

— Y a-t-il des gens qui vivent dans la propriété ? demanda-t-elle alors qu'il descendait du bateau pour l'amarrer.

— Quelques chercheurs en résidence, mais leur embarcadère est situé un peu plus loin. Tu peux me passer l'ordinateur portable qui est posé sur le siège ? demanda-t-il.

Elle le lui tendit.

— Ça aussi, s'il te plaît.

Elle lui tendit le cylindre de cuir qu'il lui indiquait.

— Merci. Je ne veux pas les laisser à bord à cause de l'humidité, expliqua-t-il en l'aidant à débarquer à son tour.

Ils traversèrent une pelouse impeccablement entretenue, qui contrastait avec la végétation luxuriante bordant le fleuve, puis ils suivirent une allée dallée et montèrent quelques marches. Carter ouvrit une porte-fenêtre à double battant et alluma la lumière. Elle laissa échapper une exclamation de surprise.

— Une salle de bal ?

— Autrefois, oui. À présent c'est une salle de conférences, mais quand nous étions enfants, Arif et moi, il y avait souvent des réceptions et nous nous cachions pour observer les gens.

Il déposa ses bagages à proximité de la porte, puis il se tourna vers elle. Tout à coup elle se sentit gauche. À cause de son inexpérience ? Ou à cause du luxe de cette demeure dans laquelle on entrait par une salle de bal ? Le regard de Grace rencontra celui de Carter, et sa vague appréhension se dissipa instantanément. Cet homme irrésistible partageait son désir. Rien d'autre n'avait d'importance. Tout ce qui se passerait entre eux cette nuit resterait à Bornéo, un endroit où elle ne reviendrait jamais.

— On danse ? suggéra-t-elle.

— Je ne danse jamais.

— Juste une danse.

Elle noua les bras autour de son cou, et ils commencèrent à tourner lentement dans le silence. Elle huma son odeur avec délectation, puis elle parsema son torse de baisers mouillés. Quand il dénoua son sarong et que celui-ci tomba à ses pieds, elle n'éprouva pas le moindre embarras. Oh ! le contact de son torse contre ses seins... Il fit glisser sa culotte sur ses hanches, et elle s'empressa de finir de l'enlever.

— Encore une danse, dit l'homme qui ne dansait jamais après s'être débarrassé de son propre sarong et de son short.

Et ce fut comme s'il y avait de la musique. Ils reprirent leur danse au rythme d'un orchestre invisible, puis il s'écarta d'elle pour se pencher sur ses seins et les goûter tour à tour.

— S'il te plaît..., supplia-t-elle quand il s'interrompit. Emmène-moi au lit...

Avant d'exaucer sa prière, il sortit des préservatifs de son sac de voyage tout en précisant :

— Je n'amène jamais personne ici.

Elle fut assaillie par une bouffée de joie. Cette nuit était donc exceptionnelle pour lui aussi ? C'était une pensée très réjouissante. Il la souleva de terre, et elle noua les jambes autour de ses reins. Il quitta la salle de bal, monta un escalier majestueux et s'arrêta sur le palier du premier étage, où il l'embrassa avec fougue. Il prit ensuite un long couloir, puis un autre... Elle parsemait son visage et son cou de baisers fervents, sans chercher à masquer la passion qui la consumait. Une passion qu'elle découvrait et dont jusque-là elle ne se savait pas capable.

Carter était ivre de désir. Il détestait venir ici. Trop de souvenirs. D'ordinaire, c'était insupportable. Mais ce soir, le corps de Grace enveloppant le sien et les baisers dont elle le couvrait offraient un dérivatif bienvenu. Il la porta jusqu'à sa chambre tout en l'embrassant goulûment, puis il la déposa sur le lit et mit les préservatifs de côté. Il voulait prendre son temps, explorer son corps, la laisser découvrir le sien... Avec ses yeux étincelants, ses lèvres humides de baisers et son corps frémissant d'excitation, elle était l'incarnation de la sensualité. Il glissa la main entre ses cuisses, et elle ferma les yeux en se mordant la lèvre. Il accentua ses caresses. Elle creusa les reins en gémissant.

— Oui...

Il oublia qu'il voulait prendre son temps. Il aimerait la regarder exploser de plaisir sous ses doigts, mais il avait trop envie d'elle... S'emparant de sa bouche avec voracité, il prit place entre ses cuisses et faillit perdre le contrôle de lui-même au contact de son sexe contre le sien. Il était si tentant de plonger en elle sans attendre... Faisant appel à toute sa volonté, il se réfréna et tendit la main vers le bord du lit.

Grace réprima un petit soupir de soulagement. Ce premier contact avait été douloureux. Elle aimerait pouvoir se dire que c'était fait et qu'il ne s'était rendu compte de rien... Si seulement ça pouvait être le cas... Tandis qu'il se redressait pour prendre un préservatif, sa main glissa de son épaule à son dos et elle sentit sa peau abîmée. Aussitôt elle en oublia son appréhension pour la suite. Il s'immobilisa. Comme si elle touchait quelque chose d'interdit... Elle sentit le relief d'une cicatrice sous ses doigts et la caressa doucement. Allait-il s'écarter ? Fuir ses caresses ? Il ne bougea pas. Elle poursuivit son exploration, effleurant du bout des doigts la peau durcie ou amollie par endroits.

Carter retenait son souffle. La peau de son dos n'était pas très sensible, mais il avait toujours une conscience aiguë de la répulsion éprouvée par la plupart des femmes. Comme si elles ne supportaient pas l'imperfection. Les doigts de Grace en revanche étaient tendres et caressants. Il ferma les yeux avec gratitude. Pas de questions, juste une acceptation silencieuse. Quel réconfort... Oubliant le préservatif, il captura de nouveau sa bouche, prêt à s'enfoncer en elle. Il rencontra une résistance. Pas parce qu'elle avait changé d'avis. Son désir était toujours aussi brûlant, c'était flagrant. Mais... Il plongea son regard dans celui de Grace. Elle lui confirma ce qu'il venait de découvrir.

— Je n'ai jamais fait l'amour...

— Je ne fais pas l'amour.

Elle roula des yeux.

— Je n'ai jamais couché avec un homme.

Il scruta son visage. Pourquoi une femme superbe de vingt-cinq ans se privait-elle d'un plaisir aussi vital ? Parce que comme lui elle avait des cicatrices, sans doute.

— Tu es sûre que tu veux... ?

— Tu sais bien que oui.

Il n'avait jamais couché avec une vierge. Il n'y avait pas de place dans son lit pour les cœurs tendres. Mais cette règle était oubliée, annulée par un désir d'une intensité inédite. Grace ferma les yeux, et il entra peu à peu en elle avec une précaution infinie, attentif à la moindre de ses réactions.

— Regarde-moi.

Grace ouvrit les yeux. La douleur s'estompait, laissant place à une joie indicible. Carter n'avait pas cillé quand elle lui avait avoué qu'il était le premier. Il avait fait preuve d'une grande délicatesse, et à présent son souffle chaud caressait ses lèvres, son regard était plongé dans le sien, et ils étaient unis par le même désir. À cet instant, rien d'autre n'existait. Pendant un moment, ils restèrent immobiles, les yeux dans les yeux. Puis il finit de s'enfoncer en elle. La douleur se raviva brièvement, puis de nouvelles sensations l'envahirent, tandis qu'il commençait à aller et venir lentement en elle.

— Suis mes mouvements, murmura-t-il en glissant la main sous une de ses fesses pour la guider.

Bientôt Grace n'eut plus besoin de guide. Carter continua de brider la passion qui le consumait, guettant les signes du plaisir qui la gagnait. Puis il accéléra peu à peu le rythme tandis qu'elle nouait les jambes autour de sa taille, s'agrippant à lui en gémissant.

Elle bascula dans la jouissance à l'instant précis où il se perdit en elle avec un cri étouffé. Elle ne fut pas beaucoup plus bruyante que lui malgré la violence des vagues qui déferlaient en elle. Mais elle s'abandonna sans réserve à ce plaisir inouï qui lui arrachait des sanglots, consciente qu'il la regardait. Quelques instants plus tard, alors qu'elle écoutait les battements de son cœur, blottie dans ses bras, il déposa un baiser sur le sommet de son crâne. Comblée au-delà de tout, elle ferma les yeux avec un petit soupir de pur bonheur.

Pour l'instant, demain n'existait pas.

6

Carter fixait le plafond avec incrédulité. Il avait pourtant toujours été certain qu'il n'aurait jamais de rapports sexuels non protégés. Si certain qu'il n'avait pas encore pris le temps de se soumettre à une vasectomie comme il en avait l'intention. Par ailleurs, il n'avait jamais amené aucune femme ici. Et il n'était pas dans ses habitudes de s'attarder au lit avec sa maîtresse du moment...

Ce fut Grace qui parla la première.

— Tu penses que j'aurais dû te prévenir ?

— Tu l'as fait.

— Mais un peu tard. Je craignais que tu me ramènes au lodge si je te prévenais.

L'aurait-il ramenée ? Aurait-il eu la volonté nécessaire pour renoncer à elle ? Il ne pourrait pas l'affirmer...

— Je craignais que tu me croies incapable d'assumer une aventure sans lendemain.

Il crut percevoir une pointe de provocation dans la voix de Grace. Elle s'écarta de lui, roula sur le dos et se couvrit avec le drap.

— J'ai mis ma vie entre parenthèses pendant très longtemps et je vais sans doute continuer à le faire pendant des années. Je voulais une nuit comme celle-ci avant de retourner à la réalité.

— La réalité, c'est que nous n'avons pas utilisé de préservatif, déclara-t-il sobrement.

Elle tressaillit.

— Tu ne prends pas la pilule ?

— Non.

Grace ferma les yeux. Allons bon, elle avait été encore plus insouciante qu'elle ne l'avait prévu.

— Il y a la pilule du lendemain, murmura-t-elle d'une voix hésitante.

— J'irai à la pharmacie à la première heure.

Elle resta silencieuse.

— C'était une plaisanterie, précisa Carter. Une plaisanterie nulle, d'accord...

Elle se tourna vers lui. Contre toute attente, il ne lui lança pas un regard accusateur. Un léger sourire étirait même ses lèvres.

— Grace, nous sommes au fin fond de la forêt. Il n'y a pas de pharmacie dans les parages.

— C'est vrai... Et je n'ai pas du tout pensé aux conséquences.

— Nous n'y avons pensé ni l'un ni l'autre. Et tu te trompes. Si tu m'avais prévenu sur le bateau, je ne crois pas que j'aurais fait demi-tour. Cependant, j'aurais été encore plus clair sur un point. Je ne m'engage jamais dans...

— ... des relations durables, je sais, coupa-t-elle. Ce n'est pas un problème. Nous n'avons pas d'avenir commun de toute façon.

Pour elle, l'avenir ne laissait aucune place au sexe ni aux sentiments. Elle devait subvenir aux besoins de sa mère malade. Quel homme comprendrait ça ? Jusqu'à cette nuit, sa vie sexuelle avait été inexistante. Depuis des années, elle vivait en vase clos, consacrant tout son temps à sa mère et travaillant quand elle le pouvait. Sans Violet, elle n'aurait quasiment aucun contact avec le monde extérieur.

— C'était juste pour cette nuit. Et c'est tout ce que je voulais, tu peux me croire.

— Mais pourquoi avoir attendu aussi longtemps ?

— J'ai été accaparée par des tas de problèmes. Sans aucune chance d'avoir une vie sentimentale.

— Si ce sont les sentiments qui t'ont manqué, nous ne sommes pas faits pour nous entendre. Je ne suis pas du tout sentimental.

— Pas de problème, répliqua-t-elle.

Il n'apprécierait sans doute pas qu'elle le contredise, mais elle n'était pas d'accord. Cette affirmation était démentie par les attentions qu'il avait eues pour elle. Les lucioles, la danse dans la salle de bal, certains gestes tendres... Sans compter qu'ils étaient toujours dans son lit tous les deux, en train de discuter. Elle n'en espérait pas tant... Mais il valait mieux éviter de lui dire tout ça et tenter plutôt de plaisanter.

— En tout cas, maintenant je sais que je ne suis pas bruyante au lit.

Il n'esquissa même pas un sourire. Oh ! pourquoi ses plaisanteries tombaient-elles toujours à plat ? se demanda-t-elle avec un pincement au cœur. Puis elle prit conscience que le désir de Carter se ranimait. Aussitôt une vive chaleur l'envahit. Elle s'efforça de l'ignorer.

— Et si je suis... ?

Impossible de se résoudre à prononcer le mot. Cette perspective était trop angoissante.

— On résoudra le problème.

— Hmm...

À quel genre de solution pensait-il ? Elle n'était pas certaine d'avoir envie de le savoir.

— Quand dois-tu avoir tes prochaines règles ?

Elle resta silencieuse.

— Grace, quand as-tu eu tes dernières règles ?

— Je ne sais plus exactement...

Elle se redressa et se força à réfléchir.

— Juste avant mon départ.

— Ça devrait aller.

— Oui.

Elle inspira profondément et promena son regard sur la chambre. Il tentait de la rassurer, mais ce n'était pas très efficace. Elle s'était toujours demandé comment certaines personnes pouvaient perdre la tête au point de prendre des risques. Sans le dire, elle avait même tendance à les juger sévèrement. Eh bien, aujourd'hui, elle ne se sentait plus supérieure à elles...

— Il faudrait que je rentre, dit-elle.

— Déjà ?

Elle hocha la tête et voulut se lever, mais il la retint par l'épaule.

— Pourquoi es-tu aussi nerveuse ?

— Parce que je me sens stupide. Tout ce qui s'est passé ce soir, je l'ai voulu, sauf l'oubli du préservatif.

Elle passa les doigts dans ses cheveux ébouriffés, s'efforçant de cacher à quel point elle était paniquée.

— Je peux prendre une douche ?

— Bien sûr.

Elle chercha ses vêtements du regard.

— Ils sont restés dans la salle de bal, rappela Carter.

— Oh ! mon Dieu, c'est vrai.

Elle ferma les yeux, mortifiée. Décidément, elle avait complètement perdu la tête, cette nuit... Quand elle les rouvrit, un sourire nonchalant étirait les lèvres de Carter.

— Je vais te trouver un sarong.

— Merci.

— Mais je n'ai pas de dessous féminins.

— Pas de cachette secrète ?

Elle regretta aussitôt cette plaisanterie, mais à sa grande surprise il pouffa. Oh ! si elle ne se retenait pas, elle l'embrasserait ! Enfin quelqu'un qui comprenait ses blagues idiotes !

— Où est la douche ?

— Juste là.

Carter indiqua une porte tout en regardant Grace se lever. À la vue de ses fesses rebondies, il sentit son désir s'intensifier.

— Je peux utiliser du shampoing ?

À en juger par ses yeux brillants et par cette façon qu'elle avait de se mordre la lèvre, elle était aussi excitée que lui...

— Bien sûr.

Elle disparut aussitôt dans la salle de bains, le laissant perplexe. Il avait été tenté de lui suggérer de revenir au lit. Ce qui ne lui ressemblait pas du tout. Bien sûr, il lui arrivait souvent de pratiquer le sexe du lendemain matin. Mais c'était avant tout parce qu'il n'y avait rien de tel pour être en forme toute la journée. En revanche, il était beaucoup plus rarement tenté par le sexe-juste-après-le-sexe ou par une douche crapuleuse... Mais surtout, il la trouvait drôle et il aimait sa compagnie. Ça, c'était une grande première.

Carter se leva, prit deux sarongs dans son dressing, en posa un sur le lit et noua l'autre sur ses hanches. Puis il sortit sur le balcon. L'aube s'apprêtait à poindre. Les nuages avaient disparu, et les étoiles scintillaient dans le ciel sans lune encore obscur. L'imprudence dont ils avaient fait preuve était préoccupante, mais pour l'instant mieux valait se concentrer sur la véritable raison de sa présence dans cette propriété, décida-t-il.

Il avait redouté ce retour, mais Grace l'avait rendu moins pénible. Et elle pourrait bien rendre moins pénible toute la situation dans son ensemble. Il était évident qu'elle avait besoin d'argent pour sa mère. Et remarquable qu'elle évite d'en parler. L'expérience l'avait plutôt habitué aux femmes cupides ! Par ailleurs, il admirait sa détermination à perdre sa virginité et à limiter leur aventure à une seule nuit. S'il y avait des taxis dans les parages, Grace Andrews en aurait déjà appelé un. Il n'avait aucun doute à ce sujet. Quant à une éventuelle grossesse... Il ferma les yeux. Chaque chose en son temps. Pour l'instant, inutile de s'encombrer l'esprit avec ça. Il était plus urgent de se concentrer sur un autre problème. Pour empêcher son cousin de réaliser ses projets néfastes, il y avait une solution facile à mettre en œuvre. Un mariage d'un an. Un an, ça lui avait toujours paru insurmontable. Mais aujourd'hui, pour la première fois, il envisageait sérieusement cette option. Il faudrait expliquer la situation à Grace, bien sûr. Ce qui impliquait de lui donner des précisions sur son passé. Et de reconnaître que, malgré lui, il était toujours attaché à cet endroit.

— Merci.

Il se tourna vers elle alors qu'elle le rejoignait en indiquant le sarong qu'il lui avait sorti et qu'elle avait enfilé. Ses cheveux mouillés étaient tirés en arrière.

— Comme c'est beau ! ajouta-t-elle en levant les yeux vers le ciel étoilé.

Puis elle regarda la forêt qui s'étendait à perte de vue.

— De quel côté se trouve le lodge ?

Il montra un point au loin.

— Si je comprends bien, je n'ai aucune chance de rentrer à pied ?

— Aucune. Tu veux un petit déjeuner ? Nous pourrions le prendre ici en regardant le soleil se lever.

— Tu vas cuisiner ?

— Non, mais Malay a dû tout préparer dans la cuisine. Il suffira de prendre un plateau et de l'apporter ici.

— D'accord.

Ils suivirent de longs couloirs que Grace avait à peine remarqués la veille, puis ils descendirent le grand escalier. Dans le hall, elle s'arrêta devant la photo d'un bébé au sourire joyeux.

— C'est ton frère ? demanda-t-elle.

— Qu'est-ce qui te fait dire ça ?

— Eh bien, il est blond, et beaucoup trop souriant pour que ce soit toi.

Carter pouffa.

— Eh bien, justement, c'est moi.

Un peu plus loin, elle sentit sa gorge se serrer devant une autre photo. Sa mère était d'une beauté prodigieuse avec ses cheveux blonds et ses traits délicats. Son père, très séduisant, avait l'air moins arrogant que lui. Il était avec eux, toujours souriant, avec un bébé dans les bras.

— Ton frère est blond aussi.

Aurait-elle dû dire « était » ? se demanda-t-elle aussitôt, fascinée par les yeux immenses de son frère. C'était un bébé magnifique, et son sourire était si contagieux qu'elle se surprit à le lui rendre, malgré la boule qui lui bloquait la gorge.

Carter ne souriait pas. Il ne voyait pas le sourire de son frère. Il ne voyait que l'anneau de dentition en argent dans la main de Hugo. Qu'avait-il pris à Arif ? Il aurait dû le laisser là où il l'avait trouvé... Il se détourna et gagna la cuisine, suivi par Grace. Elle se percha sur un tabouret pendant qu'il préparait le café. Comment aborder le sujet ? Comment lui expliquer qu'il songeait à lui demander de devenir temporairement sa femme ?

— Apparemment vous formiez une famille très heureuse, dit-elle. Tes parents ont l'air très amoureux.

— C'est facile d'être heureux quand on n'a pas de responsabilités. Ils étaient heureux au détriment des autres... L'amour est égoïste.

— Égoïste ?

— Très. Mes parents ne pensaient qu'à voyager. Voir des aurores boréales, dormir à la belle étoile, faire des randonnées dans la forêt...

— Je trouve ça bien.

— Jusqu'à ce que ça tourne mal. Ils avaient des enfants.

C'était lui qui donnait son biberon à Hugo quand ils sortaient pour voir la pleine lune. Lui qui vérifiait qu'ils avaient assez de provisions quand ils partaient pour une nouvelle aventure. En attendant que le café soit prêt, il posa sur un plateau une coupe de fruits et des pâtisseries, puis il sortit du réfrigérateur de la glace pilée qu'il mit dans un grand bol.

— Que confectionnes-tu ?

— De l'ABC ou *air batu campur*, c'est-à-dire un mélange de glace, expliqua-t-il en mettant des petites boules de gelée rose pâle dans une coupelle. Ou plutôt une version maison. C'est Malay qui l'a fait. Il suffit d'y ajouter des fruits.

Et des cacahuètes, constata Grace. Elle réprima une grimace quand il mit sur le plateau un petit plat de maïs en crème.

— Ça ressemble plutôt à un dessert.

— Peut-être…

À vrai dire, il ne savait pas si c'était à cause des goûts assez fantaisistes de sa mère que Malay le servait toujours au petit déjeuner, ou tout simplement à cause de la chaleur. Il y avait trop de choses qu'il ignorait et en même temps trop de souvenirs. Dans le hall, il passa devant les photos sans s'arrêter. D'autres images dansaient devant ses yeux. Des images de lui en train de faire manger à Hugo de la glace avec une cuillère. C'était d'avoir vu cet anneau de dentition qui le rendait aussi perméable aux souvenirs. C'était comme si Arif avait déterré son cœur enfoui au plus profond de lui-même. Lorsqu'ils s'installèrent sur le balcon, le ciel s'était paré de pourpre. Carter remplit deux bols de glace, puis ajouta des boules de gelée à l'eau de rose et de la crème glacée aux haricots rouges.

— Choisis tes fruits, dit-il en prenant des baies.

Grace prit un fruit violet foncé qui semblait provenir du croisement d'une grenade et d'une prune. Mais ne sachant visiblement pas quoi en faire, elle le remit dans la coupe. Après une hésitation, il tendit la main.

— Donne-moi ça.

Il ouvrit le fruit à l'aide d'un couteau et fixa un instant les quartiers de chair blanche. Il avait toujours détesté leur parfum sucré.

— C'est un mangoustan, dit-il en détachant les quartiers pour les placer sur l'assiette de Grace.

Elle en mangea aussitôt un.

— Mmm, c'est délicieux.

Il fronça le nez.

— Tu n'aimes pas ça ? demanda-t-elle.

— Pas trop, non.

Il s'était nourri de mangoustans pendant une semaine. Pas mûrs et sucrés comme celui-ci, mais pourris et amers... Il regarda Grace verser du sirop sur son *air batu campur*. Comment aborder le sujet ?

— Ce groupe bruyant au lodge... tu avais raison. Ils ont l'intention de transformer cette propriété en plateau de tournage.

Elle le considéra d'un air déçu.

— Je pensais que ce n'étaient que des rumeurs. Ou du moins je l'espérais. Tu travailles dans le cinéma ou... ?

— Je suis architecte.

— Oh...

Elle regarda le grand banian.

— Tu vas garder cet arbre, j'espère ?

— Grace, c'est mon cousin Benedict qui est en train de négocier avec eux. Arif m'a demandé de venir ici pour tenter de faire échouer le projet.

— Ouf ! s'exclama-t-elle avec un sourire radieux. Je ne vais pas être obligée de m'enchaîner à l'arbre pour te dissuader de faire affaire avec eux ?

— Non.

— Peux-tu t'opposer au projet ?

— Bien sûr. Et je l'ai déjà fait à plusieurs reprises. Mais ça n'empêche pas leurs drones de survoler la propriété, ni leurs bateaux de sillonner le fleuve, ni Benedict d'inviter des équipes de repérage à explorer le coin. Ils veulent s'en servir comme décor pour une émission de téléréalité d'aventure. Et ce ne serait qu'un début. Je n'ai pas envie de passer les dix prochaines années à me battre au tribunal.

— Pour la maison ?

— Et tout ce qu'il y a autour. La propriété s'étend jusqu'au lodge. La première fois que j'ai entendu parler du projet, je ne me suis pas inquiété. Je pensais qu'aucune compagnie d'assurances n'accepterait de garantir les risques d'un tournage de ce genre dans la région.

— Que vas-tu faire ?

— Prendre une mesure extrême.

Pour lui, le mariage était une solution plus qu'extrême... Et pourtant, ce matin, l'impossible semblait faisable. Presque logique.

— Comme je te l'ai dit, mon grand-père nous a laissé la propriété à tous les deux, mon cousin Benedict et moi. Je l'avais prévenu que Benedict représentait un risque, mais il devait considérer que je représentais un risque, moi aussi. Il craignait peut-être que je la vende ou que je la transforme en résidence touristique.

— Tu en avais l'intention ?

— Pas du tout, et je le lui avais dit. Je lui avais suggéré de créer une société de gestion commune impliquant des Ibans. Ils sont les mieux placés pour préserver cet endroit en prenant les bonnes décisions. J'en aurais tout au plus supervisé la gestion à distance... Je ne sais pas pourquoi il n'a pas opté pour cette solution. Pour en revenir à son testament, il comporte une clause stipulant que, si je me marie ici, à Bornéo, et que je reste marié pendant au moins un an, j'aurai la possibilité de racheter la part de mon cousin.

— Tu serais obligé de vivre ici pendant un an ?

— Non, juste de me marier ici.

— Ton grand-père était du genre à tout régenter ?

Carter ne put s'empêcher de sourire.

— Non, c'était un grand romantique. Je lui avais pourtant dit clairement qu'il était hors de question que je me marie.

— A-t-il inclus la même clause pour ton cousin ?

— Non, heureusement ! Sinon celui-ci serait sur le point de fêter son premier anniversaire de mariage.

Grace contemplait la vue. Partager le petit déjeuner avec Carter en regardant la forêt s'éveiller avait quelque chose d'un rêve. Le ciel s'éclaircissait peu à peu, virant du pourpre au rose.

Pour une fois, il était dégagé. Les rares nuages s'effilochaient, et la matinée s'annonçait ensoleillée. Entre les oiseaux qui avaient commencé à chanter bien avant les premières lueurs du jour, et ses autres habitants, la forêt résonnait de bruits divers. Comment ne pas s'émerveiller devant les petits singes au dos argenté qui couraient parmi les branches ? C'était un spectacle enchanteur.

Un croassement sonore retentit, et une nuée d'oiseaux s'envola. Puis ce fut le silence absolu. Un silence étrange…

Grace avait visiblement senti que quelque chose se passait, constata Carter.

— Il y a un prédateur pas loin, expliqua-t-il. Les oiseaux viennent de donner l'alerte.

— Quel genre de prédateur ?

— Il y a le choix. Une panthère, un python…

S'il voulait lui demander d'envisager de devenir sa femme pendant un an, il fallait au moins essayer de lui faire comprendre pourquoi la préservation de cet endroit lui tenait à cœur. Même s'il préférerait n'éprouver que de l'indifférence pour lui.

— J'ai été retrouvé pas loin de l'endroit d'où les oiseaux viennent de s'envoler.

— Retrouvé ?

— Après l'incident qui a coûté la vie à ma famille, j'ai été porté disparu pendant une semaine. On me croyait mort, moi aussi.

— Une *semaine* !

Grace se leva et s'approcha de la balustrade pour mieux scruter la forêt.

— Ça paraît très loin du fleuve, dit-elle d'un air effaré.

— Plusieurs jours de marche. Mais les Ibans n'ont jamais abandonné les recherches. Ils étaient certains que j'étais quelque part dans la forêt.

— Comment le savaient-ils ?

— Il y avait des traces… Ils connaissent chaque feuille, chaque branche. Le corps de mon père avait été retrouvé, il y avait des preuves de la mort de ma mère, et comme mon frère était attaché à elle...

L'espace d'une seconde, la voix de Carter faillit se briser, mais il se ressaisit aussitôt.

— Les recherches officielles avaient été abandonnées, mais les Ibans n'avaient rien trouvé indiquant que j'avais été tué.

Il inspira profondément. Le mangoustan avait perdu son parfum sucré et commençait à sentir mauvais, comme à l'époque. Il se leva, à la fois pour rejoindre Grace et pour fuir cette odeur.

— Ils ont poursuivi les recherches. Et Bashim, le père d'Arif, m'a trouvé.

Son regard, comme celui de Grace, se tourna vers l'endroit d'où s'étaient envolés les oiseaux.

— Bashim pensait que j'étais peut-être parti chercher des secours, mais c'est peu vraisemblable. Ça voudrait dire que j'avais emprunté la mauvaise direction. Il aurait été plus logique d'attendre dans le bateau ou même de me diriger vers ici.

— Tu n'étais sans doute pas en état d'avoir un raisonnement logique.

— Je crois que c'était à cause de ça.

Il tapota la cicatrice sur son front.

— J'ai dû tomber sur un rocher. Et je me suis servi de mon T-shirt pour faire un bandage.

— Plein de ressources...

Grace sourit, mais des larmes étaient visibles dans ses yeux. Il réprima un soupir. Il n'avait pas besoin de compassion ni même d'une oreille attentive. Il voulait juste qu'elle comprenne l'énormité de la dette qu'il avait envers les gens de la région.

— J'étais entre la vie et la mort quand le père d'Arif m'a trouvé. D'après les blessures sur mon dos, ils ont estimé que je gisais là depuis plusieurs jours...

Il n'avait jamais raconté ça à personne.

— Mon dos était dans un état épouvantable... couvert de

piqûres de scorpions et de fourmis de feu. Il a fallu deux jours à Bashim pour me ramener chez lui. Il a prévenu les autorités, puis il m'a prodigué les premiers soins, aidé par sa famille. J'ai été transporté à l'hôpital peu de temps après. Il me reste très peu de souvenirs de cette période, mais je sais que c'est chez Bashim que j'ai été le mieux soigné. Sans lui et les gens d'ici...

— Tu serais mort ?

— Certainement. Dans certains cas, c'est bien de ne pas pouvoir se rappeler...

Il s'interrompit brusquement.

— Excuse-moi. J'avais oublié ta mère...

— Non, non, ne t'inquiète pas. Ce sont deux choses tout à fait distinctes. Tu n'as aucun souvenir ?

— Juste quelques bribes. Mais pour être franc, je préfère ça. Après la mort de mon grand-père, j'ai cru que je pourrais tourner la page pour de bon... et puis j'ai découvert que mon cousin avait décidé de détruire cet endroit.

— Tu dois le détester.

— Non. Même pas.

— Ton grand-père aurait dû être plus prévoyant et plus précis quand il a rédigé son testament. Moi, je regrette que ma mère n'ait laissé aucune instruction. Je ne sais jamais si je prends les bonnes décisions pour elle.

— Il semble que c'est le cas.

— Je l'espère...

— Grace ?

— Oui ?

— Tu sais que je ne crois pas dans les relations durables.

Elle laissa échapper un petit rire amusé.

— Carter... Il me semble que nous en avons déjà parlé. J'ai compris, tu sais. Ne t'inquiète pas. Je pars demain...

— Et si je te proposais de m'épouser ?

Elle rit de nouveau, mais cette fois en roulant des yeux.

— Je suis très sérieux, insista-t-il.

— C'est ridicule. Il n'est pas question que je me marie avec toi à cause du testament de ton grand-père. Et si tu penses à ce qui s'est passé cette nuit, ne t'inquiète pas. Je ne suis probablement pas enceinte.

— Ça n'a rien à voir avec ça. Que dirais-tu si je t'offrais deux millions de dollars ?

— Oh oui, s'il te plaît !

Elle éclata de rire, puis elle reprit très vite son sérieux.

— Je plaisante, bien sûr.

— Eh bien, pas moi. Tu as besoin d'assurer l'avenir de ta mère.

— Je n'ai jamais dit ça.

— Mais c'est vrai, non ?

Elle resta silencieuse, ce qui était une réponse.

— J'ai besoin d'une solution, rapidement. Et si je ne me trompe pas, de ton côté tu as besoin d'argent.

Grace déglutit péniblement. De toute évidence, il était sérieux !

— Non, absolument pas. De toute façon, je vis à Londres et je dois rester auprès de ma mère.

— J'en suis bien conscient. J'ai un appartement à Londres, et un bureau... Je passe beaucoup de temps à New York, mais ces prochains mois je serai souvent à Janana. Nous ne nous croiserions pas souvent.

— Ce n'est pas un mariage.

— Sur le papier, si. Assez pour respecter la clause du testament.

Elle plissa le front. Dire qu'elle avait été touchée qu'il se confie à elle... Visiblement, s'il lui avait parlé de son passé, c'était dans un but bien précis ! Elle n'aimait pas du tout ce petit jeu...

— Je ne suis pas venue ici pour parler d'argent ni pour conclure un marché. Pouvons-nous y aller, s'il te plaît ?

— Bien sûr.

Mais ils étaient à Bornéo, et ce n'était pas si simple. Les petits singes qui couraient dans les arbres attendaient le moment propice pour sauter sur la terrasse et se régaler avec les restes du petit déjeuner. Il fallait débarrasser la table.

— Je suis sûre qu'il y a des tas de femmes qui accepteraient volontiers ton argent.

— C'est à *toi* que je fais cette proposition, Grace.

— Eh bien, j'aurais préféré que tu t'abstiennes !

Elle s'immobilisa au milieu de l'escalier. Où était passé le merveilleux sentiment de liberté qui l'avait accompagnée toute la nuit ? Son insouciance, la joie de découvrir sa sensualité dans les bras de Carter ?

— Tu as tout gâché.

7

— Pourquoi es-tu offensée par ma proposition ? demanda Carter un moment plus tard alors qu'ils traversaient le parc.

— Parce que j'ai été élevée dans la croyance que le mariage signifie quelque chose...

— Celui-ci signifierait quelque chose. La sécurité financière pour toi et un sentiment de culpabilité moins aigu pour moi.

— Un sentiment de culpabilité ?

— Je n'aime pas cet endroit, mais je n'ai pas pour autant envie qu'il se transforme en plateau de tournage. C'est une raison de se marier beaucoup moins absurde que l'amour.

— Tu penses que se marier par amour est absurde ?

— Oui. Je ne veux pas être responsable du bonheur de quelqu'un et je n'ai pas envie que quelqu'un se sente responsable du mien. Je l'ai expliqué à mon grand-père, mais voilà où nous en sommes...

C'était un argument qu'elle pouvait comprendre, reconnut-elle intérieurement. Même si elle ne pourrait jamais envisager une vie aussi solitaire que la sienne. Être responsable du bonheur de quelqu'un, elle savait ce que c'était... Et même si elle se détestait pour ça, il fallait reconnaître qu'elle ne pouvait pas s'empêcher de penser... juste un tout petit peu... aux avantages offerts par la proposition de Carter.

Il monta à bord du bateau et lui tendit la main. Quand elle l'eut rejoint, il mit à l'abri son ordinateur et son cylindre en cuir.

— Qu'est-ce que c'est ? demanda-t-elle tandis qu'il rangeait le cylindre avec encore plus de soin que son portable. Tu l'emportes partout.

— Des plans dessinés à la main. Je ne veux pas risquer de les perdre ni de les mouiller... Nous n'en avons pas pour longtemps.

— De toute façon, je pense que je suis déjà en retard pour l'excursion dans la forêt.

Carter démarra le moteur, submergé par un immense soulagement. Il n'était pas du genre à donner des conseils à qui que ce soit, mais il avait été assailli par l'angoisse quand Grace lui avait dit qu'elle devait aller dans la forêt.

Grace ne pouvait s'empêcher de faire la tête.

— Dire que tu m'as prévenue cent fois que tu fuyais les relations durables...

Quand Carter pouffa, elle fut irritée d'en être réjouie. Et quand il se tourna vers elle avec un sourire irrésistible, elle se força à ne pas le lui rendre.

— C'est une proposition, Grace. Pas une demande en mariage. Il faut que tu sois dans la région depuis sept jours avant que nous puissions entreprendre les démarches pour le mariage. Ça tombe demain. Nous pourrions nous marier vingt et un jours plus tard et...

— Stop ! coupa-t-elle en se bouchant les oreilles. Je refuse de discuter.

Parce que tu es tentée ? Elle réprima un soupir. Pourquoi se mentir ? Quand elle avait compris que la proposition de Carter était sérieuse, elle avait été abasourdie. Puis elle avait pensé à sa mère et elle avait entrevu une solution à ses problèmes financiers. Mais il y avait plus inquiétant. Elle n'avait pu s'empêcher d'espérer que sa relation avec Carter ne soit pas tout à fait terminée. Elle avait tenté de se raisonner, bien sûr. De se rappeler que l'offre de Carter n'était qu'un marché qui n'avait rien de romantique. Mais entre leur nuit de passion et leur petit déjeuner en tête à tête, elle venait de passer des moments si fabuleux avec lui qu'elle avait du mal à garder la tête froide. Elle lui jeta un coup d'œil tandis qu'il pilotait. Ces larges épaules, ces hanches étroites, ces fesses musclées… Comment ne pas se demander si le sexe était inclus dans sa proposition ? Un an dans les bras de Carter… Absorbée dans ses pensées, elle ne remarqua pas qu'ils avaient pris un chemin différent de la veille. Ni que le bateau s'était arrêté.

À cet instant précis, une évidence s'imposa à elle. Jamais elle ne rencontrerait un homme capable de lui faire oublier Carter Bennett. Quoi qu'il lui arrive à l'avenir, elle ne vivrait plus jamais un moment aussi extraordinaire. Ils se trouvaient dans un endroit qui semblait hors du temps. Comme s'il était situé dans un monde parallèle. Sous le ciel le plus bleu qu'elle avait jamais vu depuis son arrivée, la surface du fleuve était recouverte de grandes feuilles vertes et de fleurs mauves de toute beauté. Comme s'ils venaient d'arriver au cœur du jardin de Monet, version tropicale.

— Où sommes-nous ?

— Pas loin du lodge. Les bateaux des excursions sont trop gros pour arriver ici.

Carter cueillit une fleur dans l'eau et la tendit à Grace.

— Ce sont des jacinthes d'eau.

— Elles sont splendides.

C'était une espèce envahissante qui menaçait la biodiversité, mais il n'avait pas envie de gâcher l'émerveillement de Grace. De toute façon, ce n'était pas pour les jacinthes d'eau qu'il l'avait amenée ici. Il scruta les arbres, et son regard s'arrêta sur un qui était près de l'eau.

— Grace…

Les yeux baissés sur la fleur, elle protesta.

— S'il te plaît, je ne veux plus discuter de ta proposition.

— Chut…

Elle leva les yeux et vit qu'il avait une main levée, comme Felicity quand elle voulait les prévenir de ne pas faire de bruit.

— Viens ici, murmura-t-il.

Elle se leva et le rejoignit.

— Regarde dans cet arbre, juste là. Il y a du mouvement. Tu vois ?

Elle hocha la tête avec ravissement alors qu'une petite tête émergeait d'un nid.

— Ils se réveillent, commenta Carter à voix basse.

La minuscule tête disparut, mais quelques secondes plus tard deux grandes mains tenant un bébé orang-outan s'élevèrent au-dessus du nid au bout de deux bras très longs. Le cœur battant, Grace retenait son souffle. Une mère qui jouait avec son bébé… Quel moment précieux !

— C'était incroyable, murmura-t-elle quand le bébé eut de nouveau disparu dans le nid.

Elle essuya sa joue du dos de la main. Quel soulagement d'avoir une bonne raison de verser quelques larmes… Elle avait besoin d'évacuer le trop-plein d'émotion qu'elle refoulait depuis ce matin.

— J'avais presque abandonné l'espoir d'en voir. Avec le groupe, nous en avons cherché toute la semaine.

— Ils sont difficiles à trouver. Les femelles font un nouveau nid presque chaque nuit.

— Et les mâles ?

— Oh ! ils sont paresseux… Très souvent ils utilisent les nids abandonnés.

Elle pouffa.

— Typique !

— Ou pragmatique. Tu sais, Grace, je suis un mâle mais, contrairement à nos amis primates, je ne suis pas paresseux. J'ai construit mon propre nid, et il est très confortable. Je peux rendre le tien très confortable aussi si tu acceptes de te marier avec moi pour un an.

— Ramène-moi au lodge, s'il te plaît.

— Tu es sûre de vouloir y aller tout de suite… ?

Elle était sur le point de hocher la tête avec humeur, quand elle comprit qu'il suggérait de s'attarder non pas pour discuter de sa proposition mais pour regarder le nid.

— Ils vont descendre de l'arbre, mais il va peut-être falloir patienter un peu, expliqua-t-il.

Elle le considéra avec perplexité. Comment pouvait-il être à la fois assez calculateur pour lui proposer un mariage d'intérêt et assez attentionné pour l'emmener voir des orangs-outans ?

— Un faux mariage, je ne vois pas comment ça pourrait fonctionner, déclara-t-elle.

Puis elle sentit ses joues s'enflammer. Que lui prenait-il d'aborder le sujet alors qu'elle avait affirmé ne pas vouloir en discuter ?

— C'est très fréquent. Nous retirerions un dossier de mariage ici, puis nous irions à Kuala Lumpur... Nous y retrouverions mon avocat pour mettre au point les détails, établir un accord de non-divulgation, et rédiger un contrat de mariage...

Carter s'interrompit alors que la petite tête du bébé orang-outan émergeait de nouveau du nid. Grace retint son souffle. Il était si petit... Et il ressemblait tellement à un humain... Elle déglutit péniblement.

— Carter... et si je suis enceinte ?

— Cette proposition n'a rien à voir avec ça.

— Mais si je le suis ?

— On verra le moment venu.

Elle regarda de nouveau la petite tête et elle eut une certitude. Quel que soit l'avis de Carter et de son avocat, elle avait déjà pris sa décision.

— Pour moi c'est tout vu, prévint-elle. Je garderai le bébé.

— Le choix t'appartient. Mais ça ne changerait rien au fait que nous n'avons pas d'avenir, tu ne dois pas l'oublier. Cependant, je t'aiderais à construire un nid douillet.

Elle soupira. Il n'avait pas tort de la mettre en garde. Elle avait beau s'efforcer de considérer son offre d'un point de vue purement pratique, son cœur ne pouvait s'empêcher d'espérer que peut-être ce mariage pourrait se révéler moins éphémère que prévu... Ce qui était ridicule.

Au bout d'une dizaine de minutes d'attente, ponctuées d'apparitions furtives de grandes mains ou d'une petite tête, elle posa la question qui lui brûlait les lèvres.

— Est-ce que...

Elle fut obligée de s'éclaircir la voix.

— Est-ce que le sexe aurait une place dans ce pseudo-mariage ?

— Benedict va essayer de me piéger, comme je l'ai fait avec lui. Par conséquent, au moins à Kuala Lumpur, nous serions obligés de partager une suite. Sinon, ça paraîtrait suspect.

— Et un lit ?

— Bien sûr. Cela dit, le sexe ne doit jamais être une corvée. Le sexe par devoir, je n'en veux pas.

— Tu serais prêt à t'en passer pendant un an ? lança-t-elle par défi.

— Bien sûr que non. Mais si tu ne veux pas que le sexe fasse partie de notre accord, pas de problème. Je saurai être discret.

À son grand dam, elle sentit sa gorge se nouer. Ce mariage – si elle acceptait sa proposition – ne serait rien d'autre qu'un simple contrat, se rappela-t-elle. Elle ferait bien de ne jamais l'oublier. Et de poser certaines conditions pour se protéger.

— Si tu couches avec une autre femme, sache que tu ne coucheras plus jamais avec moi.

— Très bien, répliqua-t-il, les yeux fixés sur le nid. Je demanderai à Jonathon d'inclure cette clause dans le contrat. Ainsi que mon engagement à être discret.

Comme il était dur... Rien ne semblait le toucher.

— Et si nous ne nous entendons plus au lit, je serai discrète moi aussi, ajouta-t-elle d'un ton posé.

Un sourire incrédule étira les lèvres de Carter.

— Hier encore tu étais vierge.

— Et je te remercie de m'avoir fait découvrir tout ce que je ratais, rétorqua-t-elle avec un sourire crispé.

Elle était intrépide en paroles, mais était-elle capable de l'être autant dans ses actes ? C'était peu probable, mais elle avait bien l'intention de ne pas le montrer.

— Il faudra donc ajouter cette clause au contrat, ajouta-t-elle.

— D'accord.

— *Si* j'accepte ta proposition.

Ils restèrent silencieux un moment, côte à côte. En raison du léger balancement du bateau, leurs bras se frôlaient de temps en temps. À chaque fois elle était parcourue de frissons impossibles à réprimer.

— Que dirai-je à Violet ? s'entendit-elle demander.

— Que nous avons eu un coup de foudre. Tu ne pourras pas lui dire la vérité.

— Je sais... Mais elle me connaît. Elle sait que je ne suis pas du genre à me marier sur un coup de tête. Je ne pense pas qu'elle me croirait.

— Il faudra la convaincre.

Elle sentit la bouche de Carter frôler son oreille.

— Dis-lui que je t'ai demandée en mariage sur un fleuve de fleurs mauves.

Le souffle court, elle frissonna de plus belle.

— Que nous avons fait l'amour dans un bateau et que tu as dit oui...

Les jambes tremblantes, elle était tout étourdie. À cause du soleil déjà éclatant malgré l'heure matinale ? Ou à la perspective de toucher deux millions de dollars qui changeraient la vie de sa mère et la sienne ? Ou tout simplement parce qu'elle vibrait de désir ?

Il se figea, les yeux fixés sur le nid.

— Elle bouge, murmura Carter.

Grace tressaillit. S'ils étaient là, c'était pour ça, se rappela-t-elle. Pour regarder une mère orang-outan quitter son nid. Ce dont elle rêvait depuis une semaine. Mais ce moment était encore plus précieux parce qu'elle le partageait avec Carter.

— Où est le bébé ? demanda-t-elle.

— Chut... Il est forcément avec elle, dit-il à voix basse.

Puis il passa un bras autour de ses épaules et l'attira plus près de lui tout en pointant du doigt le nid de sa main libre.

— Tu vois sous son bras ? Tu veux les jumelles ?

— Non.

Elle avait vraiment un mal fou à s'en servir. Mais surtout, elle aimait voir les choses de ses propres yeux. Et elle aimait encore plus être tout contre lui, et entendre sa voix profonde, assourdie pour ne pas effaroucher la mère orang-outan.

— Je le vois.

— Elle vient dans notre direction.

Ils se turent, regardant la mère se déplacer de branche en branche avec agilité, se rapprochant de la rive. Le cœur battant, Grace retenait son souffle. Les jumelles étaient vraiment inutiles parce que la mère se rapprochait de plus en plus. Elle finit par s'arrêter à quelques mètres du bateau.

— Elle nous observe, murmura Carter.

— Je sais ! J'essaye de ne pas croiser son regard.

— Ça ne perturbe pas trop les orangs-outans. C'est comme ça qu'ils communiquent. Et apparemment nous ne l'inquiétons pas, ajouta-t-il après une pause.

Non, la mère ne semblait pas inquiète. Elle mangeait un fruit pendue d'une main à une branche, tandis que son petit accroché à son buste les regardait de ses grands yeux noirs. La mère baissa la tête et déposa un baiser sur le crâne de son bébé avant de le hisser sur son épaule. Puis elle se laissa tomber de l'arbre et s'éloigna dans la forêt, tandis que le bébé continuait de les regarder par-dessus son épaule.

— Il est si paisible...

Tout à coup elle sentit le bras de Carter se resserrer légèrement autour de ses épaules. Elle leva les yeux, croyant qu'il voulait lui montrer quelque chose. Mais il semblait à des milliers de kilomètres.

En fait, Carter était transporté vingt-sept ans en arrière par les yeux ronds du bébé orang-outan, qui le regardait comme l'avait fait ce dernier jour Hugo, maintenu contre la poitrine de leur mère par son écharpe de portage. Des images oubliées lui revenaient en mémoire. Hugo tendant sa main potelée vers lui.

Il avait aussitôt compris ce que voulait son frère. « Attends ! » avait-il dit en ouvrant la glacière de son père. Il avait pris l'anneau de dentition en argent, puis il avait sauté sur la rive depuis le bateau. « Tiens, Ulat », avait-il dit en donnant son anneau à Hugo qui souriait d'un air ravi.

Carter eut l'impression qu'un voile noir tombait devant ses yeux. Il aurait dû prendre Hugo à sa mère... le ramener sur le bateau...

— C'était incroyable !

La voix de Grace le ramena au présent. Prenant conscience qu'il la tenait toujours par les épaules, il retira son bras.

— Ils étaient si près de nous..., ajouta-t-elle.

— C'est très calme ici.

Il s'éclaircit la voix, s'efforçant de parler normalement malgré le choc qu'il venait de subir.

— Il n'y a pas grand-chose susceptible de les perturber.

— Que se passera-t-il si ton cousin parvient à mettre en œuvre son projet ?

— C'est mon problème. Je ne t'ai pas amenée ici pour influencer ta décision. Tu dois penser uniquement à ta situation financière et à celle de ta mère. La dette envers les Ibans, c'est la mienne.

— La dette ?

— Il y a un proverbe iban qui dit *« Hutang emas boleh dibayar, hutang budi dibawa mati. »* On peut rembourser quelqu'un qui prête de l'or, mais on reste éternellement redevable envers ceux qui font preuve de bonté. Malheureusement pour moi, c'est vrai.

— Je ne suis pas sûre qu'ils considèrent que tu as une dette envers eux.

— Peut-être, mais moi si.

Devant la mine perplexe de Grace, Carter expliqua :

— Je veux accomplir mon devoir et ensuite je pourrai tourner la page

— Moi aussi, reconnut Grace.

Elle voulait la meilleure solution pour sa mère, et elle voulait vivre sa vie. La proposition de Carter lui offrait les deux possibilités.

— Mais je ne sais pas si je suis capable d'assumer ce mariage.

— C'est pour ça qu'il y a des avocats... Après avoir retiré le dossier de mariage, nous aurons trois semaines pour tout mettre au point. Grace, est-ce que tu m'aimes ?

— Bien sûr que non, répondit-elle immédiatement.

Mais elle reconnut les inflexions de sa voix. Elle répondait sur le même ton quand on lui demandait si son père lui manquait... Elle n'aimait pas Carter, bien sûr, puisqu'elle ne le connaissait pas. Mais il fallait bien reconnaître qu'elle brûlait d'envie de mieux le connaître.

— Et tu as compris que je ne t'aimerai jamais ?

— Tu as été très clair là-dessus.

Elle prit une profonde inspiration et regarda les jacinthes. C'était l'endroit le plus paisible qu'elle avait jamais vu, et il était propice à la réflexion. Elle venait d'y découvrir une vérité essentielle.

— Je veux de l'amour. J'en ai assez d'aimer des gens incapables de m'aimer.

Carter plissa le front.

— Je parle de mon père, précisa-t-elle.

Elle sentit sa gorge se nouer, mais elle se força à ajouter :

— Et de ma mère. Je veux quelqu'un qui m'aime vraiment.

— Si je comprends bien, c'est non ?

— Je peux terminer ?

Si elle pouvait offrir à sa mère la meilleure vie possible, elle pourrait penser à elle et vivre pleinement sa propre vie.

— Je ne tomberai pas amoureuse d'un homme incapable de m'aimer. Alors, oui. J'accepte ta proposition.

8

— C'est là que nous nous sommes rencontrés, dit Carter à l'aéroport de Kuala Lumpur alors qu'ils passaient devant le banc où il avait vu Grace endormie. Pour le dire à Violet.

— Je note, dit Grace comme si ce moment n'était pas gravé à jamais dans sa mémoire.

Une voiture avec chauffeur les attendait. Après une semaine en pleine nature à l'orée de la forêt tropicale, les lumières de la ville et l'animation qui régnait dans les rues étaient un peu abrutissantes. Carter, visiblement ravi d'être de retour dans la civilisation, consultait son agenda sur son ordinateur tout en faisant le point sur son planning par téléphone avec son assistante.

— Quelle taille de bague fais-tu ? demanda-t-il.

— Aucune idée. Pourquoi ?

Il roula des yeux et reprit sa conversation téléphonique. Grace était en proie à une excitation à laquelle elle ne s'attendait pas. Alors qu'ils arrivaient à l'hôtel, elle l'avoua à Carter.

— Pourtant, je pensais que je culpabiliserais.

— Pourquoi ?

— Ta proposition me semblait indécente.

Dire qu'au début elle était indignée et qu'elle refusait d'en discuter... Avant même qu'il la dépose au lodge, elle avait déjà changé d'avis ! Sa dernière soirée avec le groupe avait été fantastique. C'était Arif qui leur avait servi de guide pendant que Felicity pilotait le bateau, et les éléphants pygmées étaient sur la rive, comme pour leur dire au revoir. Le lendemain matin, Carter était venu la chercher.

— La forêt va me manquer, reconnut-elle.

— À moi pas du tout, répliqua Carter en descendant de voiture.

Il en fit le tour et lui tendit la main pour l'aider à descendre. En entrant dans le hall de l'hôtel, elle eut le souffle coupé par la somptuosité du décor. Pendant que Carter discutait avec le responsable du service client, elle s'installa au salon de thé et appela la maison de santé. L'infirmière qui lui répondit était une intérimaire qu'elle ne connaissait pas, mais elle lui dit que sa mère était à la chorale.

— Elle s'adapte bien ?

— Elle semble très heureuse. Maggie sera là demain, elle pourra vous donner plus de détails.

— Merci.

Avec un immense soulagement, Grace se cala dans son siège et contempla les lumières de la ville par la baie vitrée.

— Grace, la suite n'est pas tout à fait prête, annonça Carter en la rejoignant.

Oh ! vu les courbettes que tout le monde lui faisait, c'était surprenant.

— Nous allons monter au bar sur le toit.

— Non, je ne peux pas, protesta-t-elle en montrant son pantalon et son T-shirt défraîchis.

Mais il se dirigeait déjà vers les ascenseurs. Au bar, il fut accueilli par l'hôtesse avec un large sourire.

— Monsieur Bennett. Madame.

Tandis qu'on les conduisait sur la terrasse, où des gens très chics perchés sur des tabourets autour de tables hautes dégustaient des cocktails, elle s'efforça de ne pas penser aux créatures glamour en compagnie desquelles il était sûrement déjà venu. Mais tout à coup, elle s'immobilisa et ouvrit de grands yeux. Elle avait entendu parler des tours Petronas, bien sûr. Elle avait vu des photos et elle avait prévu de les visiter, mais les avoir juste sous les yeux depuis le toit de l'hôtel c'était fantastique.

— C'est mieux de les voir de près la première fois, dit Carter en glissant un bras autour de sa taille.

— C'est pour ça que tu m'as amenée ici ?

Elle ne parvenait pas à détacher ses yeux des tours, mais elle fut quand même obligée de détourner le regard, le temps qu'on les conduise jusqu'à un coin privé de la terrasse, isolé par un cordon de velours rouge. D'un geste, Carter l'invita à s'asseoir sur le tabouret faisant face aux tours.

— Merci de me laisser le meilleur point de vue, dit-elle.

Carter réprima un sourire. Personnellement, il trouvait qu'il bénéficiait d'une vue splendide. Avec ses boucles ébouriffées, son T-shirt fuchsia qui découvrait une épaule, ses yeux brillants et son sourire émerveillé, Grace était superbe. Il était tellement habitué aux femmes blasées que le spectacle des tours laissait indifférentes... Son enthousiasme était réjouissant.

— Ces tours sont à l'origine de ma vocation. Je les cherchais toujours du regard quand je venais dans la région en vacances quand j'étais enfant. Nous passions presque tous les étés à Bornéo avec mes parents, mais nous nous arrêtions rarement ici. Ils détestaient la ville, mais je les suppliais de m'emmener au moins une fois par voyage au sommet des tours. Déjà à l'époque je savais que je voulais construire ce genre de choses.

— Un cognac, monsieur ?

Carter hocha la tête, et Grace eut un pincement au cœur. Si pour elle cette soirée était très spéciale, pour lui elle n'avait rien d'exceptionnel. En compagnie de combien de femmes était-il venu dans ce bar ? Elle consulta la carte, et un nom familier attira son attention.

— Un mocktail de mangoustan, s'il vous plaît.

Quand le serveur revint avec leur commande, il déposa devant elle une boisson rose qui se révéla délicieuse.

— Ça a un goût de pêche, dit-elle en poussant le verre vers Carter.

Il but une gorgée et fronça le nez.

— Ce n'est décidément pas pour moi.

— Je croyais que tu aimais le mangoustan.

— Non.

— Mais nous en avons mangé au petit...

Elle s'interrompit. En réalité, il lui en avait ouvert un, mais il n'en avait pas mangé. Et il lui avait dit qu'il n'appréciait pas particulièrement ça.

Carter but une gorgée de cognac pour masquer le goût du mangoustan. Cette boisson avait beau être douce et sucrée, elle lui rappelait le goût des mangoustans en décomposition dont il s'était nourri pendant une semaine dans la forêt. Il but une nouvelle gorgée de cognac et regarda Grace. Il avait envie de lui dire que des souvenirs lui revenaient, de plus en plus nombreux chaque jour. Cependant, ça ne faisait pas partie de leur accord. Mais il pouvait malgré tout lui expliquer pourquoi il n'aimait pas les mangoustans.

— Je ne me suis nourri que de ça quand j'étais perdu dans la forêt. Je ne trouvais rien d'autre à manger.

Elle le regarda d'un air consterné.

— Tu aurais dû me le dire. Je ne t'aurais pas demandé de m'en ouvrir un.

— Le souvenir venait juste de me revenir.

— Je vais commander autre chose.

— Non, non. Finis ton verre. J'ai juste trouvé préférable de t'en parler...

— Avant que ça devienne mon apéritif favori ? plaisanta-t-elle.

Il ne put s'empêcher de sourire, tandis qu'elle appelait le serveur pour lui demander d'emporter le verre.

— Il y a un problème ? demanda ce dernier.

— Non, tout va bien, répondit-il.

Il venait de recevoir un message.

— Notre suite est prête.

La suite était plus que somptueuse. Grace la parcourut avec des petits cris extasiés, contemplant longuement la vue sur les lumières de la ville ou se laissant tomber dans les fauteuils moelleux. Elle trempa même les pieds dans la piscine encastrée, sur la terrasse.

Depuis la chambre, Carter cria :

— Passeport !

Il mit le sien dans le coffre, avec les deux alliances qu'il avait commandées. Puis il ajouta le pochon de soie noire en s'efforçant d'ignorer les émotions qui l'assaillaient. Si seulement ce maudit anneau de dentition était resté enfoui dans la forêt !

— Grace, passeport ! répéta-t-il.

Contre toute attente, après un voyage de plusieurs heures en sa compagnie, il n'était pas encore irrité par sa présence. Elle eut un petit rire nerveux en arrivant dans la chambre éclairée par des bougies.

— On va passer la moitié de la nuit à souffler toutes ces bougies !

— Ne t'inquiète pas pour ça.

Grace tendit son passeport à Carter et ne s'attarda pas dans la chambre. Cet immense lit blanc sur lequel étaient étalés deux kimonos « Lui » et « Elle » était un peu impressionnant… Elle s'efforça d'ignorer la petite voix qui lui soufflait que Carter ne tarderait pas à se lasser de sa maîtresse inexpérimentée, surtout dans un cadre aussi sophistiqué. Juste avant de sortir, dans un grand recoin qu'elle n'avait pas remarqué plus tôt, elle découvrit la salle de bains. Là encore les bougies étaient nombreuses, autour d'une grande baignoire en pierre déjà remplie d'eau mousseuse.

— Regarde, dit-elle à Carter qui venait de la rejoindre.

— Ils ont tout préparé pendant que nous étions au bar, répliqua-t-il en allumant la lumière.

— J'aurais préféré que tu laisses éteint, marmonna-t-elle.

Posée sur une tablette en marbre, sa trousse de toilette paraissait encore plus miteuse… Quant à son reflet dans le miroir, c'était une catastrophe !

— Mes cheveux ! La lumière de ma villa au lodge était plus flatteuse…

Carter arqua les sourcils. Personnellement, il trouvait cette lumière très flatteuse. Et il préférait que Grace soit bien éclairée parce qu'il pouvait voir les taches de rousseur sur son nez.

— Demain je vais faire du shopping, annonça-t-elle en sortant une pince à épiler de sa trousse de toilette.

— Je te donnerai une carte de crédit.

— Je ne disais pas ça pour ça. Dès le départ, j'avais prévu de me débarrasser de mes vêtements et d'en acheter des neufs après mon séjour dans la forêt tropicale.

— Je ne pense pas que les boutiques de prêt-à-porter feront l'affaire.

Elle plissa les yeux.

— Tu suggères qu'il faut que je porte des tenues dignes de la « fiancée de Carter Bennett » ?

— Exactement. Demain soir, j'ai rendez-vous avec un financier.

— Serai-je censée faire la conversation avec sa femme ?

— Non, je m'en chargerai. C'est elle, Simi, que j'ai besoin d'impressionner. Tu t'occuperas du mari.

Tandis que Grace commençait à s'épiler les sourcils, il ne résista pas à l'envie d'ajouter :

— Ils font partie des cent personnes les plus influentes du monde.

— Arrête ! s'exclama-t-elle avec un large sourire. Tu es sérieux ?

— Très.

— Tu es déjà très riche, alors pourquoi as-tu besoin d'impressionner un financier ?

— Parce que j'ai l'intention de rester riche. Achète-toi des tenues élégantes et tout ce dont tu as besoin…

Grace examina de nouveau ses cheveux laineux et son T-shirt usé. Elle devrait être offensée, mais il fallait bien reconnaître que la perspective d'acheter des tenues « élégantes » était très excitante. Elle avait l'impression d'avoir vécu les six dernières années en pantalon de yoga et T-shirt ample devant un plateau télé... Elle jeta un coup d'œil à Carter, qui enlevait sa chemise. Allait-il l'inviter à se joindre à lui dans la baignoire ? Était-il possible d'utiliser des préservatifs dans l'eau ? Pour tromper sa nervosité, elle examina les produits d'accueil disposés dans une petite corbeille et se brossa les dents. Il ne faudrait pas que le goût du mangoustan le dissuade de l'embrasser... Puis elle entreprit de faire son choix parmi les différents petits flacons de shampoing.

— Grace...

Carter la prit par les épaules et la fit pivoter vers lui. Un long frisson la parcourut. Elle avait eu une riche idée de se laver les dents. Son regard avait changé, et il semblait fasciné par ses lèvres... Mais ce n'était pas de l'amour, se rappela-t-elle quand leurs bouches se joignirent. C'était juste une occasion de se découvrir désirable et sexy, ce qui était déjà beaucoup... Elle promena les mains sur son torse musclé tout en approfondissant leur baiser. Mais il s'arracha à sa bouche.

— Si nous nous débarrassions de la tenue spéciale forêt ? suggéra-t-il en remontant son T-shirt et en lui faisant lever les bras pour le lui enlever.

Elle le regarda le lancer dans un panier à linge sale, frémissante d'excitation. Il réserva le même sort à son soutien-gorge, puis il la laissa s'occuper du reste. Sans doute parce qu'il était aussi impatient qu'elle d'être nu... Quelques secondes plus tard, il lui prit la main pour l'aider à entrer dans la baignoire. Puis il se dirigea vers la cabine de douche. Visiblement conscient de sa perplexité, il lança :

— Je ne t'ai pas prévenue que je n'étais pas romantique ?

— Des dizaines de fois.

— Les bains aux chandelles, ce n'est donc pas mon genre. Je prends une douche.

— Mufle ! s'exclama-t-elle en riant.

Puis elle s'allongea dans l'eau parfumée et renversa la tête en arrière, encore excitée mais détendue. Les paupières mi-closes, elle savoura le spectacle du corps musclé de Carter ruisselant d'eau derrière la cloison vitrée de la cabine de douche. Il se retourna, et à la vue des cicatrices sur son dos son esprit fut assailli par des images de scorpions et de fourmis de feu. La gorge nouée, elle ferma les paupières. Pas question de pleurer, il détesterait ça. Quand il eut terminé, il noua une serviette sur ses hanches, fouilla dans la corbeille de produits de toilette et entreprit de se raser. Il ne lui jeta même pas un coup d'œil quand elle demanda :

— Y a-t-il un autre flacon d'après-shampoing ? J'ai plein de nœuds dans les cheveux.

— Prends rendez-vous chez le coiffeur pour demain.

— S'il te plaît !

Elle se rallongea dans l'eau et ferma les yeux avec un gémissement de dépit. Si elle allait chez le coiffeur dans un établissement aussi chic avec les cheveux dans cet état, elle allait mourir de honte...

Tout en se rasant, Carter observait Grace. Ses cheveux flottaient autour de sa tête, et ses seins délicats apparaissaient parmi les bulles qui se dispersaient peu à peu. Il se remémora leur nuit. Quelle sensualité malgré son inexpérience... Contre toute attente, il ne regrettait pas encore la proposition qu'il lui avait faite. Il n'était pas rebuté par la perspective de devoir passer régulièrement du temps avec elle pour éviter que leur mariage paraisse suspect. Et il n'avait même pas l'impression qu'elle envahissait son espace alors qu'ils partageaient la salle de bains. À vrai dire, il avait plutôt envie d'envahir le sien... De la rejoindre dans la baignoire...

Il fouilla dans la corbeille de produits.

— Un masque capillaire, ça te va ?

Elle se redressa et tendit la main.

— S'il te plaît..., dit-il.

— S'il te plaît, répéta-t-elle en roulant des yeux.

Il lui tendit le petit sachet, et elle tenta de l'ouvrir. Sans succès, à cause de ses mains glissantes. Elle le lui rendit.

— S'il te plaît !

Elle lui adressa un sourire malicieux qu'il ne put s'empêcher de lui rendre. Mais bientôt leurs sourires s'effacèrent. Ils restèrent un instant silencieux, immobiles, les yeux dans les yeux. Puis il finit par lui rendre le sachet après l'avoir ouvert.

— Tu as besoin d'aide ? s'entendit-il demander.

Elle hocha la tête. Il prit un peigne dans la corbeille.

— Pousse-toi un peu, demanda-t-il en entrant dans la baignoire.

Il s'installa derrière elle, appliqua le masque sur ses cheveux, puis entreprit de les démêler.

— Mon peigne a perdu plusieurs dents pendant mon séjour au lodge. C'est pour ça qu'ils sont aussi emmêlés, expliqua Grace, un peu embarrassée.

Mais elle aurait été encore plus gênée sous le regard critique d'un coiffeur, se dit-elle. En fait, il était même plus facile de parler à Carter pendant qu'il la coiffait.

— Je suis un peu nerveuse au sujet de demain, avoua-t-elle.

— Pourquoi ?

— Je ne connais rien au maquillage ni à la mode. Du moins depuis quelques années… six années de pantalons de yoga, de T-shirts amples et de queue-de-cheval.

— Tu veux faire appel au service de mise en beauté et de relooking de l'hôtel ?

Elle hocha la tête. Puis un petit cri de douleur lui échappa alors que Carter s'attaquait à un nœud particulièrement coriace.

— Désolé.

Il s'interrompit le temps de déposer un baiser sur son épaule. Elle sentit aussitôt ses dernières bribes d'embarras s'évanouir. La compagnie de Carter avait quelque chose d'incroyablement apaisant dans la mesure où elle pouvait être sûre que s'il faisait quelque chose c'était parce qu'il l'avait choisi. Il ne serait pas dans la baignoire en train de lui démêler les cheveux s'il n'en avait pas envie.

— Je n'ai pas l'habitude des cheveux longs, dit-il en reprenant sa tâche.

Pour la bonne raison qu'il n'avait jamais coiffé personne, songea-t-il avec dérision. Ce n'était pas du tout son genre...

— Voilà, c'est fini.

Grace voulut se retourner, mais il la maintint contre lui et cala ses cheveux sur sa propre épaule pour les empêcher de tremper dans l'eau.

— Il faut laisser agir un quart d'heure, d'après ce qui est indiqué sur le sachet, déclara-t-il.

Et on pouvait faire des tas de choses en un quart d'heure... Il referma les mains sur les seins de Grace, savourant le contact de leurs pointes hérissées au creux de ses paumes.

Grace ferma les yeux. Elle avait envie de se retourner, de le caresser elle aussi... mais c'était si bon de sentir ses mains sur ses seins, son sexe durci contre ses fesses... Une main glissa entre ses cuisses. Elle tourna la tête, et il captura sa bouche tout en accentuant ses caresses. Toujours désireuse de les lui rendre, elle tenta de se retourner, mais le plaisir déjà tout proche la privait de ses forces.

— Ne résiste pas, murmura-t-il en accélérant le rythme.

Renversant la tête en arrière contre son épaule, elle s'abandonna aux vagues qui déferlaient en elle. Il la tint contre lui un instant, puis il se redressa, sortit de la baignoire et lui tendit la main.

— Laisse-moi encore une minute, demanda-t-elle d'une voix éteinte. Mes jambes...

Nul doute qu'elle était incapable de tenir debout.

— Allez, insista-t-il. Il faut rincer tes cheveux.

Elle prit sa main, se laissa hisser hors de la baignoire, s'agenouilla sur la serviette qu'il avait laissée tomber par terre et se pencha en avant. Quand il eut fini de lui rincer les cheveux, il ferma le robinet et demanda d'une voix rauque :

— Tu veux qu'on aille au lit, ou bien... ?

— Ici...

Vibrante d'excitation, elle se pencha en avant et posa le front sur son bras.

— Juste une seconde...

À sa grande frustration, il s'écarta d'elle. Il mettait un préservatif, comprit-elle. Elle devrait être soulagée qu'il y pense... mais pourvu qu'il fasse vite !

— Regarde, dit-il en la rejoignant. Vers la gauche.

Elle tourna la tête. La vue de leur reflet dans le miroir lui coupa le souffle. Elle se reconnut à peine avec ses yeux immenses et étincelants de désir, mais ce qui la fascina le plus ce fut le spectacle qu'offrait Carter, prêt à entrer en elle.

— Tu es encore irritée ? demanda-t-il.

— Non... Enfin, si peut-être un peu, rectifia-t-elle alors qu'il entrait en elle avec douceur. Mais ne t'arrête pas !

C'était quand même beaucoup moins douloureux que la première fois, et elle ne supporterait pas qu'il s'interrompe... Il continua de s'enfoncer en elle avec une lenteur infinie, et peu à peu elle le rejoignit dans une danse lascive, enivrante, pendant laquelle elle se surprit à jeter des coups d'œil dans la glace.

— Tu aimes regarder ?

Elle hocha la tête. Encore une découverte qu'elle lui devait... Il interrompit leur corps à corps le temps de l'installer face au miroir. Puis ils le reprirent avec fougue, emportés dans un tourbillon qui leur fit bientôt oublier le miroir. Carter s'empara de la bouche de Grace avec avidité. Heureusement, elle ignorait qu'il n'embrassait jamais aussi passionnément. Et que le sexe par terre dans une salle de bains était aussi nouveau pour lui que pour elle... Grace ferma les yeux tandis que les mains de Carter se crispaient sur ses hanches. Emportés dans un tourbillon irrésistible, ils basculèrent ensemble dans le gouffre de la jouissance.

— Tu as froid, dit Carter au bout d'un moment.

C'était vrai, constata-t-elle. Pour la première fois depuis qu'elle avait posé le pied sur le sol de Malaisie, sa peau était fraîche. Et à cause de ses cheveux encore mouillés, elle frissonnait. Carter la hissa sur ses pieds et lui prit la main pour l'entraîner jusqu'à la chambre. Elle se laissa tomber sur le lit avec soulagement.

Carter prit un grand écrin de velours noir dans le coffre, s'assit sur le lit et l'ouvrit. Décidément, Grace parvenait toujours à le surprendre… La plupart des femmes de sa connaissance pousseraient des cris d'extase devant un tel choix de pierres précieuses. Mais Grace ne ressemblait à aucune autre femme… Elle se contentait de les regarder en silence.

— Choisis une bague.

— Nous n'avons même pas discuté avec l'avocat.

— Mais le dossier de mariage est déjà en cours de traitement. Il te faut un anneau.

En réalité, ce n'était pas la seule raison. Le rendez-vous avec l'avocat risquait de mal se passer. Grace était fière. Au cas où elle se braquerait et refuserait de signer le contrat de mariage, il voulait qu'elle garde quand même quelque chose de précieux susceptible d'être vendu en cas de besoin. Une bague était la meilleure solution qu'il avait trouvée.

— Et toi, laquelle choisirais-tu ? demanda-t-elle. Après tout, je te la rendrai dans un an.

— Non, tu la garderas.

— Pourquoi ?

— C'est un cadeau. Jonathon t'expliquera.

Les doigts hésitants de Grace se promenèrent au-dessus des bagues et s'arrêtèrent sur une émeraude taillée en poire. Une pierre splendide, certes, mais pour assurer son avenir il y avait mieux.

— Le diamant juste à côté est exceptionnel, dit-il.

C'était la bague qu'elle était censée choisir. Celle sur laquelle n'importe quelle femme sur le point de se marier par intérêt se serait jetée sans hésitation.

Grace fit la moue.

— Il est trop gros…

L'émeraude était encore plus grosse, d'accord, mais elle était si belle…

— De toute façon, ce n'est pas un vrai mariage.

Elle prit la bague, la gorge nouée. Jamais elle n'aurait cru que choisir une bague pour de fausses fiançailles la bouleverserait à ce point. Déglutissant péniblement, elle garda la tête baissée. Pas question que Carter voie les larmes qui mouillaient ses yeux.

— Elle est magnifique, dit-elle d'une voix plus tremblante qu'elle ne l'aurait voulu. Elle me plaît beaucoup. Je la garderai toute ma vie.

Carter réprima un soupir. Ce n'était pas le but de l'opération…

— Ne deviens pas sentimentale.

— Non, mais j'ai le droit de l'adorer.

— Grace, tu la vendras. Pour l'instant, si elle est trop grande, il est possible de la faire rétrécir. Donne ta main.

En glissant l'anneau au doigt de Grace, il fut étreint par une émotion étrange. Il tenta en vain de l'ignorer. Que lui arrivait-il ? Ce qu'il ressentait, ce n'était pas du désir. Pas seulement… Il referma l'écrin.

— Tu peux encore changer d'avis jusqu'à demain matin.

— Je ne changerai pas d'avis.

Non, elle ne changerait pas d'avis. Allongée sous les draps avec la main devant les yeux, Grace admirait sa bague quand Carter la rejoignit après avoir remis l'écrin dans le coffre. Elle se tourna vers lui et effleura du bout des doigts sa mâchoire fraîchement rasée. C'était presque le même Carter que celui qui l'avait réveillée lors de leur première rencontre à l'aéroport.

— J'avais oublié à quel point tu es beau.

— Tu préfères quand je suis rasé ?

— Non. C'est juste que j'avais oublié ton visage sans la barbe. La première fois que je t'ai vu, j'ai cru que j'étais en train de rêver et que tu faisais partie de mon rêve. Je ne savais plus du tout où j'étais. Il faut se rappeler que je n'entendais rien. C'était un rêve très agréable.

Carter sourit.

— La première fois que je t'ai vue, j'ai pensé à la Belle au bois dormant.

— Menteur.

— Je t'assure.

Grace se réveilla seule dans le lit. En entendant la porte de la chambre se fermer, elle eut un pincement au cœur. Pas de baiser du matin, pas de… Allons, elle était ridicule, se dit-elle en regardant sa bague. Elle commanda du thé et des pancakes, puis comme chaque jour elle prit une profonde inspiration avant de consulter ses messages. Rien de la maison de santé. Soulagée, elle s'apprêtait à appeler Carter pour lui demander des détails sur la soirée quand son téléphone sonna. C'était Mme Hill, l'assistante de Carter, qu'il avait mentionnée plusieurs fois. Celle-ci lui donna le programme de sa journée de changement de look, puis le lieu et l'heure de son rendez-vous avec Carter.

— Il ne repasse pas par l'hôtel ?

— Non…

— Merci. Savez-vous… ?

Grace s'interrompit.

— Non, je l'appellerai moi-même.

— Si vous avez besoin de M. Bennett pour quoi que ce soit, vous pouvez m'appeler.

— C'est personnel.

— Y compris si c'est personnel.

Grace esquissa un sourire incrédule.

— Et si c'est une urgence ?

— Si j'estime que c'est urgent, je le préviendrai immédiatement.

Ça alors ! Grace était si furieuse que, dès la fin de la conversation, elle composa le numéro de Carter.

— Que puis-je pour vous, Grace ? demanda Mme Hill.

Abasourdie, Grace serra les dents.

— Est-ce très habillé, ce soir ?

— J'ai communiqué le planning de M. Bennett à la relookeuse. Elle vous conseillera.

À la fin de cet appel, Grace resta un moment immobile, son téléphone à la main, partagée entre la stupeur et le désarroi. Dire qu'elle croyait avoir le numéro de Carter ! Elle venait de partager son lit, mais elle devait passer par son assistante qui se trouvait à l'autre bout du monde pour savoir ce qu'elle devait porter ce soir !

Sa journée de changement de look fut moins excitante que prévu. Elle fut impressionnée par ses cheveux lissés devenus d'une douceur inespérée, mais beaucoup moins par les tenues qui lui furent proposées. Robes élégantes, tailleurs en lin très chics et chaussures très belles. Mais les couleurs...

— Beige ? Gris ?

En réalité c'était « sable » et « étain », lui expliqua la relookeuse.

Grace choisit des vêtements pour la journée – pantalons de lin et vestes légères – puis reporta son attention sur les tenues de soirée. Mme Hill avait en effet communiqué à la relookeuse le planning de Carter. Dîners d'affaires, spectacles, restaurants... Elle devait même choisir des tenues appropriées à d'éventuels séjours au Moyen-Orient. La séance d'essayage fut déstabilisante. Elle avait l'impression de devoir s'habiller pour un homme qu'elle ne connaissait pas. Où était passé celui qui semblait se moquer qu'elle se promène en short et T-shirt usés ? Vint ensuite la séance de maquillage, doublée d'une leçon pratique. Elle ne parvint pas à imposer sa préférence pour un vernis à ongles corail plutôt que beige presque incolore. Et elle se révéla très peu douée pour appliquer l'eye-liner.

La voiture réservée pour 18 h 45 l'attendait devant l'hôtel, comme prévu, et la conduisit jusqu'à un autre hôtel, tout aussi luxueux. Elle s'installa à la réception en proie au trac, et sauta sur son téléphone avec soulagement quand elle reçut un appel vidéo.

— Violet !

Elle changea précipitamment de main pour tenir l'appareil avec la gauche, afin de cacher son énorme bague.

— Oh ! mon Dieu ! s'exclama Violet en la voyant. Grace, tu es...

— Je sors de chez le coiffeur.

— Et quelle élégance ! Où es-tu ?

— À la réception d'un hôtel chic. Juste pour prendre un verre, s'empressa d'ajouter Grace.

— Avec ?

— Quelqu'un que j'ai rencontré pendant le séjour dans la forêt.

— Tu es vraiment splendide !

Grace réprima une moue de dérision. Si seulement l'enthousiasme de Violet pouvait être contagieux...

— Différente, ajouta Violet. Mais magnifique. Je te reconnais à peine.

Carter non plus ne reconnut pas Grace. Du moins pas tout de suite. Ses boucles avaient disparu, laissant place à un chignon lisse, et sa robe était... Eh bien, c'était une robe. Mais à vrai dire, il regrettait ses boucles folles. Ce qui était surprenant.

— Grace.

Elle tourna la tête, et comme toujours son sourire fut resplendissant.

— Ils sont déjà là, dit-il quand elle se leva et le rejoignit.

Puis il tendit son ordinateur et ses précieux plans au concierge en lui demandant de les mettre au coffre. Grace le considérait avec perplexité. Quand allait-il se décider à faire un commentaire sur sa coiffure, son maquillage, sa robe ? Il n'en fit aucun.

— J'ai essayé de t'appeler...

— Mme Hill me l'a dit.

Grace s'immobilisa. Carter réprima un soupir.

— Grace, je ne prends jamais d'appels personnels quand je travaille.

— Jamais ?

— Jamais. On peut y aller, maintenant ?

Grace hocha lentement la tête. Allait-elle vraiment passer ses nuits dans le lit d'un homme impossible à joindre dans la journée ? Un homme qui ne remarquait même pas son changement de look ?

9

« Carter, regarde ! » C'était de nouveau son père qui l'appelait. Il se retournait et il voyait Hugo qui le regardait. Mais c'était Grace qui portait son frère dans la forêt, pas sa mère. Et ça ne pouvait pas être son père qui l'interpellait, parce que ce dernier flottait à la surface de l'eau sur le ventre, les bras en croix. À moins que ce ne soit Grace ? Carter se réveilla en sursaut. Avait-il crié ? Sans doute pas, puisque Grace dormait blottie contre lui… Il inspira profondément, s'apprêtant à l'écarter de lui pour pouvoir s'asseoir au bord du lit et boire de l'eau, mais elle bougea.

— Carter ?

Elle leva la tête de son torse, et ce fut comme lors de leur première rencontre. Ses yeux étaient ouverts, mais elle était encore endormie.

— Quelle heure… ?

— Tôt. Rendors-toi.

Il sentit sa tête retomber sur son torse, et le contact de ses cheveux qui lui chatouillèrent le menton ne l'irrita même pas. Il pensait que les cauchemars étaient revenus parce qu'il se trouvait à Bornéo. Mais il y avait plus d'une semaine qu'il était à Kuala Lumpur. C'était l'anneau de dentition qui le perturbait, il en était certain. Même caché au fond du coffre-fort. D'autant plus que l'anniversaire de l'accident approchait. Il songeait sérieusement à demander à Arif de le remettre là où il l'avait trouvé. Non, il n'allait pas le lui demander. Il allait le lui dire. Il allait l'appeler pour convenir d'un rendez-vous, et lui rendre l'anneau en lui disant de le remettre là où était sa place. Le père d'Arif lui avait sauvé la vie, mais il pouvait considérer qu'il avait payé sa dette, non ? Il avait pris une semaine de congé pour étudier la situation et à présent – même si Arif l'ignorait – il s'apprêtait à épouser une femme alors qu'il n'en avait aucune envie...

Mais il avait envie d'elle. En permanence. D'ordinaire, le sexe était comme un remède pour lui. Comme un calmant, à prendre quand le besoin s'en faisait sentir. À présent, il se surprenait à être beaucoup plus attentif au plaisir de Grace qu'au sien. Et en ce moment même, sentir son corps souple contre le sien et entendre sa respiration régulière avait quelque chose d'apaisant. Le stress du cauchemar s'était déjà dissipé.

— Carter ?

La voix endormie de Grace réveilla Carter.

— Nous avons eu une panne d'oreiller.

Il consulta le réveil. *Allons bon.* Il n'avait jamais de panne d'oreiller. Et il ne se rendormait jamais après un cauchemar...

Ce fut la course. Grace oublia de mettre un bonnet de douche, et ses boucles reprirent toute leur vigueur. Pour le rendez-vous avec l'avocat, elle mit un tailleur-pantalon bleu pâle et un caraco. Puis elle enfila des sandales à talons.

— Il faut y aller, Grace, prévint Carter.

— Tu as de la chance, je suis prête.

— Tes boucles sont revenues ?

Carter faillit ajouter qu'il les préférait à ses cheveux lisses, mais il se ravisa. Il n'était pas censé dire ça. Ni qu'il regrettait ses shorts, ses T-shirts trop amples et son sarong rouge. Elle avait annoncé qu'elle s'occuperait elle-même de ses tenues et de ses cheveux. De quel droit discuterait-il ses choix ? Mais il pouvait quand même faire remarquer qu'elle semblait tendue.

— Ça va ? Tu sembles nerveuse.

— Ce n'est pas tous les jours qu'on signe un contrat de deux millions de dollars.

— Aujourd'hui on signe juste l'accord de non-divulgation. Ensuite nous discuterons du contrat de mariage. Il posera peut-être des questions un peu personnelles, mais c'est nécessaire.

— Pourquoi ?

— Parce que… nous allons nous marier puis divorcer, et accessoirement coucher ensemble, répliqua-t-il d'un ton apaisant.

Inutile de l'alarmer avant même le début de l'entrevue.

— Allons prendre le petit déjeuner.

Au restaurant, Grace se contenta d'un thé et de toasts, alors que Carter commanda un *nasi lemak*, riz à la noix de coco servi avec du concombre, des anchois séchés, des légumes marinés, du poulet, et divers condiments dont du *sambal*, sauce à base de piment. Elle le regarda manger avec perplexité. Comment pouvait-il avoir envie d'un plat aussi copieux et épicé au réveil ? Et surtout, pourquoi semblait-il aussi détendu, alors qu'elle avait l'estomac noué… ?

— Après nous dînons avec eux, déclara-t-il entre deux bouchées.

— Qui ?

— Jonathon et Ruth. Mon avocat et sa femme.

— Sérieusement ?

Carter regarda Grace tenter d'étaler de la confiture sur son toast. Ses mains tremblaient. S'il voulait que tout se passe bien, il fallait la préparer sans trop l'inquiéter.

— Il te posera peut-être des questions sur ton père.

— J'ignore où il est.

— Tu es consciente que, lorsque la nouvelle de nos fiançailles sera connue, il risque de reprendre contact avec toi ?

Elle haussa les épaules.

— Je m'en moque. Franchement, je n'ai rien à lui dire.

— Donc, je ne suis pas obligé de lui demander ta main ?

— Non ! s'exclama-t-elle avec une indignation manifeste.

Puis elle leva les yeux vers lui et sembla comprendre qu'il plaisantait. Mais elle ne lui rendit pas son sourire.

— Excuse-moi un instant, dit-il.

À proximité du restaurant, il y avait plusieurs salles de réunion. Jonathon se trouvait déjà dans l'une d'elles, bien sûr. Sur la table, un bouquet de fleurs côtoyait un pichet de thé glacé, une carafe d'eau, des verres. Le décor était raffiné, mais nul doute que pour Grace ça ne suffirait pas à rendre moins perturbants les sujets abordés.

— Il faut s'attendre à une offensive de Benedict, annonça Jonathon sans préambule. Mais...

— Je veux que tu écoutes Grace, coupa Carter.

— Bien sûr. Mais nous ne changerons pas...

— Vas-y doucement avec elle, s'il te plaît.

Ayant donné ses instructions, Carter rejoignit Grace au restaurant.

— Prête ?

Elle hocha la tête et se leva.

Lorsqu'ils furent assis en face de Jonathon, celui-ci annonça :

— Tout cela est très simple. Si vous avez des questions, n'hésitez pas à les poser. Commençons par le commencement. L'accord de non-divulgation.

Très simple en effet, découvrit Grace. Si elle ne gardait pas le silence, elle payerait en contrepartie un prix exorbitant.

— L'intégralité de la prime versée plus un pourcentage de mes futurs revenus ?

Elle regarda Carter avec effarement.

— Je t'ai déjà dit que je tenais moi aussi à la plus grande discrétion !

Carter resta silencieux.

— Si vous n'en parlez pas, il n'y aura pas de problème, déclara Jonathon. Mais la signature de ce document est indispensable pour pouvoir passer à la suite.

Il poursuivit la lecture du contrat, et Grace s'exclama :

— « Engagement perpétuel » ? Je ne pourrai *jamais* en parler à personne ?

— C'est la norme.

Elle se leva.

— J'ai besoin de prendre l'air.

Elle prit l'ascenseur et, même si Kuala Lumpur n'était pas l'endroit idéal pour respirer de l'air frais, ce fut un soulagement de se retrouver dans la rue.

— Grace.

Allons bon, Carter l'avait suivie…

— Que se passe-t-il ? Si tu dois partir en claquant la porte à chaque clause, la journée va être très longue.

Elle resta silencieuse.

— Cet accord est une formalité, mais il est indispensable.

— Violet me soutient depuis toujours. Et crois-moi, vu la façon dont j'ai douté d'elle, c'est une preuve d'amitié inestimable. Je ne peux pas me résoudre à ne jamais lui révéler la vérité. J'aurais le sentiment de la trahir. Je sais que tu as perdu toute ta famille et que je ne pourrai jamais avoir la plus petite idée de ce que tu as ressenti, mais moi je perds ma mère un peu plus chaque jour et mon amie est là pour moi. Dans un an tu disparaîtras de ma vie. Que lui dirai-je à ce moment-là ?

— Que ça n'a pas marché entre nous.

— Avec Violet, ça ne prendra pas.

— À toi de te débrouiller pour que ça fonctionne.

Elle déglutit péniblement. Il était implacable, et elle n'avait aucune chance de le fléchir. Cependant, c'était pour sa mère qu'elle avait décidé de signer un contrat avec lui. Il ne fallait pas l'oublier. Malgré ses efforts pour se raisonner, Grace ne parvint pas à se débarrasser de la boule qui enflait dans sa gorge. Mais pas question de laisser paraître son désarroi devant Carter.

— Oh ! après tout…

Elle haussa les épaules.

— … au moins je serai riche.

— Grace, si nous réussissons à signer l'accord de non-divulgation, nous passerons ensuite au contrat de mariage. Mais nous ne le signerons pas aujourd'hui...

— Ce qui veut dire ?

— Qu'il sera inutile de discuter chaque clause ou de claquer de nouveau la porte. Quand certaines informations personnelles seront abordées, ne t'indigne pas. Note tes réflexions sur le bloc mis à ta disposition, et nous en discuterons ensemble plus tard.

— D'accord.

— Grace, je t'ai prévenue dès le départ que tu ne pourrais rien dire à Violet.

— Je croyais que ça concernait seulement l'année du mariage. Je ne sais même pas si j'aurai envie de lui en parler un jour. Mais peut-être qu'avec le temps...

Sur ces mots, elle s'éloigna. Carter la suivit des yeux avec un pincement au cœur. Il savait que Grace était très proche de son amie. Même si pour sa part il refusait d'avoir des relations de ce genre. Il pensa à Arif, impatient à huit ans de savoir ce qui lui était arrivé quand Bashim l'avait amené chez eux après l'avoir retrouvé dans la forêt. Bashim avait conseillé à son fils de lui laisser du temps, mais il n'avait jamais été prêt à se confier à son ami. Était-ce une raison pour priver Grace de cette possibilité ? Il regagna la salle de réunion. Assise à sa place, Grace buvait un verre d'eau. Pour une fois, elle ne l'accueillit pas avec un sourire. Elle ne lui lança aucun regard complice. Pourquoi en était-il aussi affecté ?

— Nous sommes prêts à reprendre ? demanda Jonathon.

— Oui, répondit-elle.

— C'est un accord classique, destiné à éviter toutes sortes de problèmes. Si la presse ou Benedict tentent de parler à votre famille ou à vos amis, ces derniers n'auront aucun effort à faire pour dissimuler des informations dont ils ne disposent pas.

— Je comprends, dit Grace d'une voix monocorde.

— Ajoute une exclusion, intervint Carter.

Il se tourna vers Grace.

— Quel est le nom de famille de Violet ?

— Lewis.

Jonathon émit aussitôt des réserves, soulignant que Violet Lewis devrait signer elle aussi un accord de non-divulgation.

— Il faut l'exclure avec la caution de Grace.

— Les conséquences restent les mêmes, prévint Jonathon.

Grace devait vraiment avoir confiance en son amie, songea Carter quand elle prit son stylo pour signer l'accord de non-divulgation, une heure et quarante-sept minutes après le début de la réunion. À présent venait le plus délicat, la présentation du contrat… De longues heures allaient encore s'écouler avant qu'il se retrouve en tête à tête avec Grace. Si elle n'avait pas claqué définitivement la porte d'ici là !

10

Grace bouillait de colère tandis que Carter l'entraînait vers l'ascenseur. Il était presque minuit, et ils venaient de quitter le restaurant après le dîner avec Jonathon et sa femme.

Comment avait-elle réussi à prendre docilement des notes pendant toute la réunion ? À ne pas partir en claquant la porte quand des questions extrêmement intimes avaient été abordées ? Et à se maîtriser pendant tout le dîner ? C'était un mystère. Mais ce n'était pas une chambre éclairée aux chandelles qui risquait de la calmer.

— Un test ADN ! s'exclama-t-elle dès que Carter eut refermé la porte. Je trouvais déjà que l'accord de non-divulgation était un affront, mais...

Elle darda sur Carter un regard furieux.

— Quand je pense que tu as ri quand Jonathon a parlé du test ADN !

— Je n'ai pas ri. J'ai juste réprimé un sourire. Et j'ai fait remarquer que si tu étais déjà enceinte...

— Tu réclamerais un test ADN !

— Tu aurais préféré que je dise à Jonathon que tu étais vierge ? Que nous avons tous les deux perdu la tête ? Parce que j'aurais pu le faire. Mais tu sais quoi ? Il aurait quand même insisté pour inclure la clause du test ADN.

— Au cas où je passerais les prochaines semaines à faire tout mon possible pour tomber enceinte d'un autre homme, afin de te mettre la grossesse sur le dos parce que tu es un milliardaire ?

— Quelque chose comme ça.

Carter lâcha Grace et ouvrit une boîte d'antalgiques. Elle arqua les sourcils en le voyant en avaler deux avec une boisson qui n'était certainement pas celle recommandée sur la notice.

— Et après il a fallu que je sois aimable pendant tout le dîner comme si je ne venais pas d'être insultée.

— Il fait juste son travail.

Elle se débarrassa de ses sandales avec des mouvements vifs.

— Je ne suis pas *du tout* faite pour ce genre de choses.

Puis elle enleva son horrible veste bleu pâle et le pantalon assorti. Elle n'était pas faite non plus pour les tailleurs « élégants » !

— Je suis d'accord, commenta Carter en dénouant sa cravate comme si elle l'étranglait.

Il enleva sa veste et ses chaussures, puis il s'allongea sur le lit.

— Crois-moi ou non, mais c'est justement parce que tu n'es pas faite pour ce genre d'arrangement que ce mariage est envisageable pour moi.

— Je ne comprends pas.

— Grace, j'ai l'habitude d'emmener mes maîtresses au théâtre pour ne pas être obligé de leur parler. Il n'y en a pas une avec qui je pourrais passer cinq minutes dans la forêt, et surtout pas une seule n'accepterait un mariage sans reportage exclusif, ni quatuor à cordes, ni chaises blanches ornées de rubans, ni célébrités…

Carter se masqua les yeux avec son bras et laissa échapper un grognement las.

— Toi au moins tu veux juste de l'argent et une vie paisible.

Grace s'assit sur le lit, presque soulagée qu'il ait la migraine. Au moins, il ne pouvait pas voir comment elle le regardait… Pourquoi tenter de nier l'évidence plus longtemps ? Si elle avait accepté sa proposition délirante qui au départ l'avait profondément heurtée, c'était pour une raison très simple… Elle était folle de lui.

Il écarta son bras de ses yeux et lui adressa une moue entre sourire et grimace, comme pour lui présenter des excuses. Elle se leva et gagna la salle de bains. Enfin seule, elle détacha ses cheveux et se démaquilla. Trop lasse pour enlever son caraco, elle se regarda dans le miroir, assaillie par le doute. La nuit, dans les bras de Carter, elle était sûre d'avoir pris la bonne décision. Mais en ce moment même, après une journée comme celle-ci ? Elle ne savait plus.

Ses doutes s'évanouirent dès qu'elle regagna la chambre et le vit assoupi sur le lit. C'était avant tout pour lui qu'elle avait accepté sa proposition. Même si elle ne l'avouerait jamais, bien sûr. Et puisque pour l'instant elle avait la chance inouïe de pouvoir partager son lit, pourquoi s'en priver ? Elle s'allongea à côté de lui et posa la tête sur son torse.

— Que fais-tu ? demanda-t-il avec un mouvement de recul.

— Je vérifie qu'il y a bien un cœur là-dedans, répliqua-t-elle, ravie de sentir qu'il pouffait. Je n'aime pas Jonathon. Je ne vois pas pourquoi nous avons été obligés de dîner avec lui et sa femme.

— Parce que...

Comme souvent, Carter éluda la question. Il tenta de l'écarter de lui.

— Va te déshabiller et dors.

— Je n'ai pas envie de bouger.

Elle était bien trop fatiguée pour ça. Mais en même temps, après cette réunion où tant de questions intimes avaient été abordées, son esprit était en ébullition.

— Il semble très bien connaître ta vie privée.

— Bien sûr. Il y a une dizaine d'années, il y a eu un procès à propos de jumeaux. La femme espérait que je payerais, mais Jonathon a détruit très rapidement cet espoir. Cherche l'histoire sur Internet.

— C'est fait.

— Alors tu es aussi au courant pour l'homme que j'ai soi-disant fréquenté ?

— Oui.

— Une tentative de chantage. Écoute, Jonathon sait que je fuis les relations durables. Il sait que je ne veux pas d'enfants et que je prends toujours les précautions nécessaires pour ne pas en avoir. Alors il est sans doute surpris que j'aie commis une imprudence. C'est normal qu'il soit pointilleux. Il ne faut pas le prendre pour toi, ajouta Carter en pressant l'épaule de Grace.

— Mais pourquoi avons-nous dîné avec eux ?

— Tu ne devais pas appeler la maison de santé ? N'y avait-il pas une réunion aujourd'hui ? Il est presque 16 heures à Londres.

Grace soupira, à la fois soulagée qu'il lui ait rafraîchi la mémoire et certaine qu'il voulait avant tout esquiver ses questions. Elle s'écarta de lui et s'assit au bord du lit. Si elle voulait joindre la directrice avant son départ, il fallait appeler sans tarder. À son grand soulagement, Maggie répondit et lui annonça une bonne nouvelle.

— Ils réduisent les doses des médicaments ? C'est fantastique. C'est adorable de sa part, ajouta-t-elle en apprenant que Violet apportait un éclair au chocolat tous les dimanches et le déposait à la réception pour ne pas perturber sa mère.

Cependant, il y avait une question qui la hantait.

— Est-ce qu'elle me réclame toujours sans arrêt ?

En entendant la réponse, elle regretta de ne pas s'être isolée pour téléphoner. C'était ridicule d'avoir envie de pleurer à cause d'une bonne nouvelle...

Carter, qui avait remis son bras sur ses yeux, plissa le front. Pourquoi ce long silence après la réponse à la question que Grace venait de poser ?

— Oh ! finit-elle par dire. C'est très bien... je suppose.

— Tout va bien ? demanda-t-il quand elle eut mis fin à son appel.

— Oui, répondit-elle d'un ton un peu trop enjoué.

Il retira son bras de ses yeux et lui jeta un coup d'œil. Elle était assise au bord du lit, le dos tourné.

— Tu es sûre ?

— Laisse tomber.

— Grace ?

— Ma mère a arrêté de me réclamer. Apparemment, elle parle de moi comme si j'étais à l'école... C'est une bonne nouvelle, je suppose. Mais je ne m'y attendais pas.

Instinctivement, il posa la main sur son épaule. Elle la repoussa.

— Je n'ai pas envie d'en parler.

— Tu peux.

— Je n'ai pas envie.

— Viens ici.

Il prit dans ses bras.

— Elle a sans doute...

— Carter. C'est douloureux d'en parler.

— Je sais.

— Alors pourrions-nous changer de sujet ? Comme tu l'as fait quand je t'ai demandé pourquoi nous avons été obligés de dîner avec ton avocat.

— Jonathon me rend beaucoup de services.

— Tu le payes pour ça.

Il réprima un soupir. Il détestait parler de sa vie privée, mais il venait de lui demander de le faire. Et en plus, il lui avait imposé de dîner en compagnie de deux personnes très soupçonneuses envers elle.

— Ils se sont beaucoup occupés de moi tous les deux.

— Comment ?

Il déglutit péniblement. Ce qu'il s'apprêtait à lui dire, très peu de gens le savaient.

— J'ai vécu chez eux pendant quelques mois après avoir été sauvé par le père d'Arif. Mon oncle était prêt à me recueillir...

— Le père de Benedict ?

— Oui. Mais en fait, ce qu'il voulait, c'était mettre la main sur la fortune de mes parents. S'il avait réussi, nous ne serions pas dans un palace en ce moment, mais dans un motel miteux. Bref, Jonathon l'a menacé de le dénoncer, si bien qu'il a rapidement retiré sa proposition. Il y avait aussi mon grand-père, mais il était accablé par le chagrin. Et de toute façon, je ne voulais pas retourner à Bornéo. J'ai attendu plusieurs années avant de le faire. Jonathon et sa femme m'ont donc accueilli provisoirement chez eux. Je pense que j'aurais pu y rester plus longtemps, mais ma tante de New York a soudain décidé que me recueillir et s'afficher avec moi serait très bon pour son image.

Il expliqua que la sœur de sa mère n'avait pas vraiment la « fibre maternelle ».

— Ça a duré deux ans, puis elle m'a expédié en Angleterre, où je suis retourné en pension. Jonathon a toujours veillé sur moi, et même si ses tarifs sont très élevés il n'a jamais profité...

— Suis-je obligée de les apprécier à présent ?

— Non. Il suffit que tu comprennes quels sont mes liens avec eux.

Effleurant le bas du caraco de Grace, il suggéra :

— Tu te déshabilles ?

— Franchement, je n'ai pas le courage.

— Moi non plus, reconnut-il. Je suis désolé que tu sois bouleversée à propos de ta mère.

— Merci. J'avais peur qu'à cause de mon absence elle croie que je l'avais oubliée. Je n'avais jamais vraiment envisagé que c'était elle qui pourrait m'oublier.

Grace inspira profondément. Non, elle ne pleurerait pas. S'efforçant de penser à autre chose, elle se souvint d'un autre point qui l'avait perturbée pendant la réunion.

— Pourquoi veux-tu avoir recours à la vasectomie ?

— Ça fait un moment que j'en ai l'intention. Mais jusqu'à l'autre nuit ça ne semblait pas très urgent.

Elle s'efforça de se raisonner. C'était ridicule d'être affectée par une décision aussi judicieuse pour un homme qui ne voulait pas d'enfants. Et encore plus ridicule d'imaginer les bébés dont il ne voulait pas !

Il lui prit la main et regarda sa bague.

— Pourquoi as-tu choisi celle-ci ?

— À cause des lucioles. Parce que ce soir-là il n'était question que d'une aventure sans lendemain. C'était avant que tu parles de mariage. Avant que tu fasses intervenir un avocat et une relookeuse…

— Je croyais que tu avais envie d'un changement de look ?

— Plus maintenant. Je regrette mon look de Bornéo.

— Je dois dire que tes ongles corail me manquent.

Grace réprima un sourire ravi. C'était stupide, mais rien n'aurait pu lui faire plus plaisir que cet aveu…

— À moi aussi. J'aime cette couleur… la couleur en général. Mais la relookeuse et la maquilleuse ont insisté pour que j'adopte une palette neutre, au moins au début.

— J'aimais bien tes T-shirts trop amples aux couleurs vives, et aussi tes boucles folles. À Bornéo, tu avais un look… échevelé.

— Mais maintenant, même mes dessous sont sages et neutres. Étudiés pour être invisibles sous les vêtements.

Carter plissa le front. Glissant la main sous le caraco de Grace, il tâta son dos.

— C'est un bandeau, dit-elle. Sans agrafes.

Il l'installa à califourchon sur son ventre, lui enleva son caraco et regarda ses seins aplatis par la bande de stretch.

— En effet, ce n'est pas très heureux. En revanche, ta culotte me plaît, dit-il en contemplant les poils pubiens visibles à travers le tissu semi-transparent.

— Je t'aurais cru plutôt amateur de soie et de dentelle.

— Tu te fais une fausse idée de moi. Je ne m'intéresse pas aux dessous… mais à ce qu'il y a dessous…

Il effleura le ventre de Grace, puis il lui prit le visage à deux mains et l'attira vers lui pour capturer sa bouche. Jamais il n'aurait pu imaginer un baiser aussi langoureux quand il avait ouvert la porte de la suite. Grace était si furieuse ! Et ils étaient aussi épuisés l'un que l'autre. Et pourtant… Le désir qui les consumait n'avait jamais atteint une telle intensité. Ils l'attisèrent encore, échangeant des caresses et des baisers qui les laissèrent haletants d'impatience. Quand Carter prit un préservatif, il vit les yeux de

Grace se fermer brièvement de frustration. Au lieu de redoubler de prudence comme le lui avait conseillé son avocat, il reposa le sachet.

— Je ferai attention, promit-il.

Elle hocha la tête avec soulagement. C'était un jeu dangereux, mais ils étaient d'accord pour y jouer ensemble, pour s'accorder ce moment de folie à deux. Et pour la première fois de sa vie, elle se sentait complètement libre. À califourchon sur lui, elle s'abandonna à la passion comme il l'y incitait. Quand le plaisir la submergea, elle s'entendit crier comme jamais elle ne l'avait fait. Fidèle à sa promesse, Carter la prit par les hanches pour la séparer de lui avant de succomber à son tour à la jouissance. Puis il l'attira vers lui, et ils s'embrassèrent avec fougue comme si c'était la première fois. Entre deux baisers, il la prévint malgré tout qu'il ne faudrait plus jamais jouer à ce jeu.

— D'accord, murmura-t-elle.

Elle pouvait à peine respirer. Comblée, elle vibrait encore tout entière de plaisir.

Carter n'était pas aussi serein. Que lui avait-il pris ? Il commettait rarement des erreurs, et en aucun cas deux fois la même. D'accord, il avait été un peu moins imprudent que la première fois. Malgré tout, il n'avait jamais pris ce genre de risque. Il désirait Grace à un point qu'il n'aurait pas cru possible. Mais elle méritait un homme capable de l'aimer. Or il n'était pas cet homme-là. Il le savait.

Il fallait qu'il prenne ses distances.

11

Ce fut le parfum de Carter et non le bruit de la douche qui réveilla Grace. Un mélange désormais familier de propre et de bergamote qui était si sexy qu'elle avait déjà le sourire aux lèvres quand elle ouvrit les yeux. Tout en se remémorant leur nuit de passion, elle le regarda s'habiller puis s'asseoir dans un fauteuil pour mettre ses chaussures. Il semblait s'efforcer de ne pas la réveiller, mais il dut prendre conscience de son regard sur lui.

— Tu es réveillée.

— Il est tôt, dit-elle en jetant un coup d'œil au réveil.

— J'ai un vol à 6 heures.

— Tu ne m'en as pas parlé.

— Ah bon ? Je croyais t'avoir dit que j'allais à Janana. Le conseil se réunit. Il faut apporter des modifications de dernière minute aux plans.

— Les plans du palais ?

— Oui.

— Quand seras-tu de retour ?

— Ça dépend.

Carter sortit sa valise du dressing. Voir Grace s'étirer lui faisait penser à une fleur qui s'ouvrait ou aux fougères arborescentes de Bornéo qui se déployaient au bord du fleuve. Mais il n'avait pas envie de penser au fleuve, et il aimerait bien qu'elle commence à l'agacer. Qu'elle arrête de s'insinuer dans son cœur...

— Tu sembles fatigué.

— Non, répliqua-t-il, bien que très conscient d'avoir une mine épouvantable. Tu as les coordonnées de Mme Hill. Pour tout problème que l'hôtel ne pourrait pas résoudre, appelle-la.

— Pourquoi ne puis-je pas t'appeler, toi ? Si je...

— Grace. Je t'ai dit que je ne prenais pas d'appels quand je travaillais. Si tu as le moindre souci pendant mon absence, appelle Mme Hill, parce que tu n'arriveras pas à me joindre.

Grace réprima une moue dépitée. *Si j'ai mes règles, dois-je le dire à Mme Hill ?* Il était tentant de poser cette question, mais mieux valait s'abstenir. De toute façon, pour l'instant, elle n'avait pas de retard.

Carter ouvrit le coffre pour prendre son passeport.

— Je vais...

Il s'interrompit en sentant sous ses doigts le pochon de soie. Déglutissant péniblement, il saisit son passeport et referma aussitôt le coffre.

— Ça dépend du temps que mettra le conseil pour prendre sa décision, reprit-il. Il faut que j'y aille.

— D'accord.

Le cœur serré, Grace regarda l'homme qui lui avait fait l'amour avec passion quelques heures plus tôt prendre ses plans et sa valise puis quitter la pièce sans un regard. Mais il l'avait prévenue qu'ils ne seraient jamais proches, se rappela-t-elle. Elle ferma les yeux, refoulant ses larmes. Puis une bouffée de rage la fit se redresser d'un bond. Elle ne demandait pas de l'amour, ni même de l'affection. Juste un minimum de considération ! Elle se leva, enfila son peignoir, traversa le salon et sortit dans le couloir. Il attendait l'ascenseur. Elle se dirigea vers lui à grands pas.

— Tu n'aurais pas oublié quelque chose ?

Il plissa le front et vérifia la poche intérieure de sa veste.

— Je sais que ce mariage est une comédie, poursuivit-elle d'une voix vibrante de colère. Mais si tu ne veux pas que les choses se dégradent très rapidement au lit, tu ferais bien d'apprendre à dire au revoir convenablement.

— Pauvre Grace, dit-il avec un sourire narquois. Tu veux un baiser ?

— Pas spécialement. Je tiens juste à un minimum de politesse.

Il mima deux bises.

— À bientôt, ma chérie...

Puis il se pencha vers elle et captura sa bouche dans un baiser aussi bref qu'impérieux.

— C'est mieux ? Grace, j'ai un long vol et plusieurs réunions importantes. Je n'ai pas la tête à jouer les amoureux transis, et n'attends pas un bouquet de fleurs à mon retour. Que veux-tu ? Que je fasse semblant ? Que je mente ?

— Non, bien sûr que non. Je ne veux surtout pas que tu me mentes.

Elle soupira. Pourquoi lui avait-elle fait cette scène ridicule ? Il allait falloir apprendre à faire l'amour avec lui la nuit et être sa colocataire le jour.

— Grace...

— Ça va. Tu peux t'en aller.

Il ne se fit pas prier, et elle resta immobile dans le couloir, les yeux noyés de larmes. Et un peu inquiète. Elle n'avait pas de retard, mais ses seins étaient douloureux... Était-il possible que ce soit simplement dû au sexe ? Il fallait à tout prix qu'elle se change les idées. Elle allait nager un peu et ensuite elle irait visiter les grottes de Batu. Pas question de passer la journée à se morfondre en pensant à Carter. Elle regagna la suite et enleva sa bague par précaution. Quand elle la mit dans le coffre, ses doigts effleurèrent un tissu doux. Plissant le front, elle tendit la main et attrapa un pochon de soie noire. Il s'entrouvrit, révélant un objet en métal. Un bracelet en argent, songea-t-elle en le prenant pour l'examiner au creux de sa paume. Sauf qu'il était très épais et trop étroit pour le passer à son poignet...

— Que fais-tu ?

La voix furieuse de Carter la fit sursauter. Elle se tourna vers lui, le visage en feu.

— Je…

— Remets ça en place !

— Je suis désolée, bredouilla-t-elle.

Les doigts tremblants, elle ne parvint pas à remettre l'objet dans le pochon et finit par tendre le tout à Carter.

— Je suis désolée.

— Remets ça en place.

Le ton de Carter était cinglant, mais curieusement il ne semblait pas vouloir toucher l'objet lui-même.

— Bon sang, le respect de la vie privée, c'est trop demander ? Je ne me permettrais *jamais* de fouiller dans tes affaires !

— Je ne…

Elle s'interrompit. *Si.* Elle avait fouillé dans ses affaires… Impossible de le nier. Il n'y avait qu'une seule explication à sa fureur. Ce bracelet était destiné à une autre femme.

— J'espère qu'elle le trouvera à son goût !

Elle lança le bracelet à Carter, mais il ne fit pas un geste pour l'attraper.

Tandis que Grace gagnait la salle de bains, Carter resta un long moment immobile, les yeux fermés. Puis il se baissa et ramassa l'anneau de dentition. C'était la première fois qu'il le touchait depuis qu'il l'avait tendu à son frère… Il s'efforça de ne pas penser au sourire confiant de Hugo. Il avait été si peu digne de cette confiance… Il remit l'anneau dans le pochon, replaça le tout dans le coffre et ferma ce dernier avec un soupir tremblant. Curieusement, sa colère était retombée. S'il avait surpris n'importe qui d'autre avec un objet aussi personnel dans les mains, il aurait aussitôt appelé la sécurité pour lui demander de l'expulser de l'hôtel. Mais Grace… Elle n'avait sûrement pas fouiné délibérément. Il alla dans la salle de bains, où elle prenait une douche. Il frappa à la cloison vitrée. Elle se retourna, la mine défaite.

— Je ne fouillais pas dans tes affaires… Enfin si, mais ce n'était pas mon intention. Je mettais ma bague dans le coffre quand j'ai vu le bracelet… enfin, le pochon…

Il ne put s'empêcher de sourire. Elle avait l'honnêteté de reconnaître qu'elle avait quand même cédé à la curiosité en ouvrant le pochon...

— Je comprends. J'ai réagi de manière excessive.

Après une hésitation, il ajouta :

— Ce n'est pas un bracelet. C'est un anneau de dentition. Il appartenait à mon frère. Il est dans la famille depuis des années. Poli avec soin pour chaque nouveau bébé.

— Oh...

Les yeux de Grace se noyèrent de larmes.

— C'est bien que tu gardes quelque chose de...

— Non, Grace. Je ne l'emporte pas avec moi partout dans le monde en souvenir de mon frère. Ulat l'avait à la main quand il est mort.

— Ulat ?

— Hugo. Ulat est le nom que les Ibans donnent à leurs bébés pendant les premiers mois. Arif retourne sur le lieu de l'accident chaque année. Il a trouvé l'anneau l'année dernière et il me l'a donné cette nuit-là au lodge.

« Cette nuit-là »...

— Je lui ai dit qu'il aurait dû le laisser où il était.

— Tu n'en veux pas ?

— Non.

Depuis qu'Arif le lui avait restitué, ses cauchemars étaient revenus et il était en proie à l'anxiété.

— Arif pense que je devrais le rapporter là-bas moi-même.

— Dans la forêt ?

— Il m'a proposé de m'accompagner.

— Ça t'aiderait peut-être.

— Comment ? Ma famille a disparu devant mes yeux. Je n'ai aucune envie de revivre ça.

Le cœur de Grace se serra. C'était la première fois qu'il parlait réellement de l'accident.

— Tu as vu ce qui est arrivé ?

— Je ne sais pas. Je suppose que oui. J'aurais dû intervenir.

— Qu'aurais-tu pu faire ? Qu'aurait pu faire un enfant ?

— Le garder avec moi dans le bateau.

— Hugo ?

— Tu peux me croire quand je dis que j'étais l'adulte dans cette famille. Ce n'était pas seulement pour voyager que j'avais été retiré du pensionnat, c'était pour m'occuper de lui. Et je ne l'ai pas fait.

— Tu ne peux pas laisser le remords t'empêcher de vivre.

— Il ne m'empêche pas de vivre. Je me suis construit l'existence dont j'avais envie. Mais je te présente doublement mes excuses. Si je suis revenu, c'est pour te dire que tu avais raison. Je n'ai pas l'habitude de partager ma vie avec quelqu'un. Téléphoner, dire au revoir…

— Je sais.

— J'essayerai de t'appeler et je devrais être de retour dimanche.

— Merci.

— J'espère te voir dimanche, donc. De préférence sans culotte… mais je suppose que je n'ai pas le droit de dire ça.

Grace pouffa et le poussa vers la sortie. Elle rit encore quand il lui envoya un baiser avant de quitter la suite.

12

Le repentir de Carter ne dura pas. Il était vraiment le pire fiancé imaginable, même en tenant compte du caractère factice de leurs fiançailles. Pas un seul appel ni un seul texto. Rien.

Grace fit donc du shopping. Quoi de plus naturel pour la fiancée de Carter Bennett ? Elle fit également du tourisme et visita en particulier les grottes de Batu, après avoir monté le célèbre escalier géant multicolore pour y accéder. Mais au bout d'un moment, le shopping et le tourisme finirent par perdre de leur charme... Elle avait régulièrement Violet au téléphone, mais comme elle détestait lui mentir leurs conversations étaient en général assez brèves.

— Où en es-tu avec cet homme que tu as rencontré ? demanda Violet un jour.

— Il me plaît. Beaucoup.

— Et ? Il a un nom ?

— Violet...

— Tu es dure avec moi, protesta Violet en riant. Mais bon, j'attendrai que tu rentres pour connaître tous les potins. Aujourd'hui j'ai fait un tour à la maison de santé pour voir comment va ta mère.

— Merci.

— Elle s'est bien adaptée, ils sont très satisfaits. Ne t'inquiète surtout pas. J'ai jeté un coup d'œil et je l'ai vue faire de la danse country.

Grace pouffa.

— Je sais. Je cherche un stetson à lui rapporter.

Une fois la conversation terminée, Grace ne résista pas à l'envie d'effectuer de nouvelles recherches sur Internet, l'objet de sa curiosité étant bien entendu Carter, dont le passé même récent était assez mouvementé. Elle découvrit que son ami Sahir était un play-boy et qu'ils avaient régulièrement droit à la couverture des magazines *people* depuis leur rencontre au pensionnat.

Dire qu'en ce moment il était en compagnie de ce prince... Il fut plus difficile de trouver des informations plus anciennes, et quand elle y parvint son cœur se serra douloureusement. Un miracle. C'était ainsi qu'on avait appelé Carter quand il avait été retrouvé. Il y avait des photos d'un hélicoptère, duquel il était débarqué allongé sur une civière. À la vue des plaies sur son visage, elle ne put retenir ses larmes. Quelques années plus tard, il avait été pris en photo en manteau court à côté d'un arbre de Noël avec sa tante new-yorkaise.

Elle tomba ensuite sur un cliché le montrant à la sortie d'un théâtre en compagnie d'une femme d'une beauté éblouissante. Un entrefilet mentionnait des rumeurs de fiançailles. Il datait... de moins d'un mois ! À cet instant, son téléphone sonna. C'était enfin lui ! Comme s'il savait qu'elle était de nouveau en train de fouiner...

— Hé, comment ça se passe ? demanda-t-elle d'une voix qu'elle espérait normale.

— Nous sommes dans une impasse, répondit-il en soupirant. C'est le bâtiment le plus beau sur lequel j'ai travaillé jusqu'à présent, mais la majorité du conseil ne veut toujours pas entendre parler du projet.

Carter avait quitté la réunion, mais Sahir étant un ami il n'était pas allé jusqu'à reprendre l'avion sur-le-champ. Il attendait, installé dans le somptueux salon royal d'un club privé de Janana.

— Que fais-tu en ce moment ?

— Je regarde une tempête de sable.

— Ça doit être impressionnant.

— Vu à travers une baie vitrée, oui assez. Sahir veut partir...

Il s'interrompit. Il n'avait pas vraiment envie de discuter de ça. Pendant longtemps il s'était demandé pourquoi Sahir avait l'habitude de disparaître dans le désert pendant des jours, parfois des semaines. À présent il commençait à comprendre son besoin de s'isoler dans les situations épineuses pour faire le point. Grace figurait désormais dans ses cauchemars. Depuis quelque temps, c'était toujours elle au lieu de sa mère qui tenait Hugo mordillant l'anneau de dentition, tandis qu'ils s'enfonçaient dans la forêt...

— Partir ? demanda Grace.

Carter ne lui en dit pas plus, et elle éprouva une sourde inquiétude. Ils ne s'étaient pas quittés sur une querelle, ils s'étaient revus et il avait été conciliant. Il s'était même confié à elle. Pourtant...

— Et toi, que fais-tu ? demanda-t-il.

— Je cherche un stetson pour ma mère.

— Pardon ?

— Elle a pris goût à la danse country. Il faut que je lui trouve une chemise brillante et un chapeau.

Elle hésita. Il était tentant de lui avouer qu'elle était très heureuse d'avoir de ses nouvelles. Et de lui dire qu'en faisant des recherches sur son passé elle avait appris que l'anniversaire de la mort de sa famille approchait. Y pensait-il ? Sans aucun doute. Cependant, aborder un sujet aussi personnel au téléphone n'était pas une bonne idée.

— À part ça, j'ai fait des recherches sur la faune et la flore de Bornéo, reprit-elle. Je dois dire que ça m'a donné envie d'y retourner.

— Dès que nous aurons réglé les derniers détails du contrat de mariage avec Jonathon et que nous aurons signé la version définitive. Si tout se passe bien, ce sera très bientôt.

— Pour combien de temps ?

— Juste pour le mariage. Une nuit.

— Nous pourrions peut-être rester un peu plus longtemps.

— L'objectif de ce mariage est de me libérer de mes obligations afin que je puisse passer le moins de temps possible là-bas, rappela-t-il.

— Je sais… Mais ça ne m'empêchera pas d'y aller seule.

— Pardon ?

— Tu as dit toi-même que pendant notre mariage tu serais en déplacement la plupart du temps. J'aimerais bien y retourner pour des séjours plus longs. Et peut-être participer à des initiatives pour la préservation de la forêt. Ça me tente…

— Tu es censée jouer le rôle de mon épouse pendant un an. Si j'avais voulu épouser Jane Goodall ou Felicity, je le leur aurais proposé…

En entendant le rire de Grace résonner à l'autre bout de la ligne, Carter ne put s'empêcher de sourire.

— Je n'envisage tout de même pas de marcher sur les plates-bandes des scientifiques, plaisanta-t-elle.

— Tant mieux.

Le sourire de Carter s'estompa. L'intérêt de Grace était flagrant. Deux semaines loin de la forêt et elle avait déjà envie d'y retourner. C'était trop familier. Son grand-père n'en était jamais parti, et ses parents y étaient allés continuellement. Il pouvait le comprendre. Même pour lui, malgré tout ce qu'il y avait perdu, cet endroit gardait une partie de son attrait. Et à présent Grace était séduite elle aussi…

— Il vaut mieux en effet laisser ce travail aux spécialistes. Mon intention est justement de leur permettre d'accomplir leur mission sans que personne ne leur mette des bâtons dans les roues.

— Et mon travail à moi, c'est d'être l'épouse de Carter Bennett en adoration devant son mari ?

— Exact.

— Carter…

— Qu'y a-t-il ?

— Si tu veux aller dans la forêt avec Arif pour remettre l'anneau de Hugo où il a été trouvé, je…

— Grace, je suis au travail, coupa-t-il sèchement.

Bon sang, s'il évitait les appels personnels, ce n'était pas par hasard ! Carter prit abruptement congé de Grace, mais dès qu'il eut raccroché il se surprit à avoir envie de la rappeler pour reconnaître qu'en effet il pensait à aller dans la forêt... Non, il valait mieux garder ça pour lui, comme il l'avait prévu. Il n'avait pas envie d'avoir des témoins au moment où il affronterait les démons qui l'attendaient là-bas. Même s'il fallait être un Iban ou un fou pour s'aventurer seul dans la forêt.

13

— Hello, mon cœur. Je suis rentré…

Grace crut à une hallucination. Carter de retour trois jours plus tôt que prévu ? Coiffé d'un stetson ?

— Qu'est-ce que… ?

Et en plus il avait un air guilleret ?

— Je croyais que tu ne rentrais pas avant dimanche ?

— J'en ai eu assez d'attendre sans rien faire. Ils n'auront qu'à m'appeler quand ils auront fini de débattre. Tu ne peux pas savoir le mal que j'ai eu à trouver ce chapeau au Moyen-Orient… Je plaisante. En réalité, c'est Mme Hill qui me l'a envoyé.

Il enleva le stetson et le lui mit sur la tête.

— Pour ta mère. Mais il te va très bien…

— Merci, dit-elle avec perplexité.

Il ne la regardait pas. Il lui parlait, mais il fuyait son regard… Elle sentit son estomac se nouer. Il était sorti avec Sahir. Il ne l'aimait pas. Il le lui avait dit.

— Jonathon va venir, annonça-t-il en lançant sa veste sur le canapé.

— Quand ?

— Il ne devrait pas tarder.

— Aujourd'hui ? Je croyais que le rendez-vous était fixé à lundi ?

— En effet, mais je risque d'être rappelé à Janana à tout moment. C'est un peu comme l'attente de la fumée blanche au Vatican. Nous allons finaliser le contrat de mariage…

— Pourquoi ?

— Pourquoi pas ? Tu as préparé tes questions ?

— Oui.

— Alors pourquoi attendre ? demanda-t-il en mettant son passeport dans le coffre. Je veux régler ça.

— Mais pourquoi cette précipitation, tout à coup ? De toute façon, nous ne pouvons pas nous marier avant une semaine.

Grace fronça le nez. Elle avait peut-être consulté trop de potins le concernant sur Internet, mais...

— Un scandale est sur le point d'être révélé ? ne put-elle s'empêcher de demander.

— De quoi parles-tu ?

— Je ne sais pas...

Quelque chose avait changé, mais quoi ? se demanda-t-elle, de plus en plus perplexe. Puis elle fut distraite par la vue de son torse alors qu'il se déshabillait, et ses doutes s'évanouirent.

— C'est dans ton intérêt, rappela-t-il en enlevant son pantalon. À la signature, tu dois toucher un quart de million.

— Je m'en souviendrai, répliqua-t-elle en souriant.

Mais son sourire s'estompa très vite. Elle le suivit des yeux quand il se dirigea vers la salle de bains. Pourquoi ne pouvait-elle s'empêcher d'être soupçonneuse ? Et pourquoi était-elle au bord des larmes ? C'était ridicule. Elle n'avait aucune raison de s'angoisser. À un détail près. Elle était folle d'un play-boy qui ne l'épousait que pour récupérer une propriété. Non, deux détails... Aujourd'hui elle devrait avoir ses règles.

Elle mit une culotte et un soutien-gorge en dentelle à fleurs, qu'elle avait achetés elle-même. Puis elle enfila un autre de ses achats. Une robe en lin rouge brique resserrée à la taille.

— Une nouvelle relookeuse ? demanda Carter en regagnant la chambre.

— Oui, répondit-elle en appliquant du gloss orange sur ses lèvres. Moi.

— Tu es splendide.

— Merci.

Il referma les mains sur sa taille et plongea son regard dans le sien. Puis il la lâcha.

— Allons-y.

Ils retrouvèrent Jonathon dans une autre salle que la première fois. Carter regarda Grace sortir son bloc. Au moins une vingtaine de post-it en dépassaient. Bien sûr… Grace prenait cette réunion très au sérieux. Et lui aussi. Mais il voulait sa signature ce soir. Il voulait que leur couple existe sur le papier avant sa sortie dans la forêt. Si elle était enceinte, les dispositions correspondantes étaient prévues.

Ils commencèrent par vérifier les sommes stipulées au contrat, toutes conformes à ce qui était prévu.

— C'est bon, dit Carter.

— Grace ? demanda Jonathon.

— C'est bon.

— Le mariage sera célébré au Sarawak ?

— C'est d'accord, dit Carter.

— C'est d'accord, répéta Grace. Cependant… Si ce mariage doit paraître réel, j'aimerais organiser une petite réception. Pour que ma mère puisse me voir.

— Une réception à Londres ? demanda Jonathon en regardant Carter, qui hocha la tête. Ça pourrait constituer un atout supplémentaire face à Benedict.

— Entendu.

Tandis que Jonathon reprenait la lecture du contrat point par point, Grace suivait sur son exemplaire sans distinguer les mots. Les yeux embués de larmes, elle avait le cœur serré. Quelle tristesse qu'une alliance aussi belle que le mariage soit réduite à une succession de clauses… Il fallait espérer qu'au cours de l'année à venir elle parviendrait à se persuader qu'elle avait accepté la proposition de Carter uniquement pour assurer l'avenir de sa mère.

À un moment, Jonathon s'interrompit pour proposer une pause thé. Elle s'apprêtait à accepter avec soulagement quand Carter déclara :

— Je préfère qu'on continue.

Une fois de plus, elle eut un étrange pressentiment. Comme si l'homme qui avait bouleversé sa vie quelques semaines plus tôt était rentré aujourd'hui pour la chambouler de nouveau mais en sens inverse...

L'examen du contrat fut enfin terminé. Il ne restait plus qu'à y apporter les modifications convenues et à imprimer la version définitive pour signature. Elle avait hâte d'en finir, mais il restait quand même un point à aborder.

— J'ai encore une question, déclara-t-elle.

— Bien sûr.

— Que se passe-t-il si je suis enceinte ?

— Vous avez fait un test positif ? demanda Jonathon.

— Non.

— Alors ne nous attardons pas sur une hypothèse.

— J'y tiens, insista-t-elle.

Carter ferma les yeux. Tout ce qui concernait les conditions financières et les détails matériels, c'était son domaine. Mais pour le reste... Il ne savait plus.

— Excusez-moi.

Il se leva et laissa son avocat traiter cette question, comme prévu. Il culpabilisait de prendre la fuite, mais c'était préférable. Il avait l'esprit trop confus.

Grace et Jonathon restèrent dans la salle pendant quarante bonnes minutes, et quand Grace sortit elle était très pâle.

— Grace...

Elle passa à côté de lui sans s'arrêter.

— Je vais prendre le thé dans la suite.

Grace poursuivit son chemin, la gorge nouée. Elle avait à peine la force de regarder Carter. Mais après tout, elle n'avait rien appris de nouveau. Carter ne voulait pas d'enfants. Si elle était enceinte, il lui appartiendrait de prendre toutes les décisions relatives à sa grossesse. Quoi qu'elle décide, elle bénéficierait de son soutien financier, et ce, indéfiniment. Non, en principe, elle n'avait aucune raison d'être déçue. Sauf qu'au fil du temps, à force de côtoyer Carter, elle s'était imaginé qu'il était moins indifférent qu'il ne le paraissait. Incapable de ne pas dire ce qu'elle avait sur le cœur, elle fit demi-tour.

— Mon père au moins, il a essayé. Mais toi, rien. Pas le moindre frémissement dans ce cœur de marbre. Tu es juste capable de fuir.

— Grace...

Carter réprima un soupir. Il savait qu'elle était blessée, mais pour l'instant il n'avait rien de plus à lui proposer. Et mieux valait éviter de lui dire qu'il avait décidé d'aller dans la forêt pour tenter de dégeler ce cœur de marbre. Parce qu'au fond de lui il ne croyait pas au miracle. Il n'était même pas certain de vouloir un miracle. Combien de fois l'avait-il répété ? Il ne voulait pas d'amour. Il rattrapa Grace.

— Ne me compare pas à ton père, parce que moi je veillerai à ce que vous ne manquiez de rien, l'enfant et toi. Je ne...

— Je sais, coupa-t-elle en levant les mains. Et je ne pense pas pouvoir continuer cette comédie.

— Nous avons un dîner.

— Sans moi, désolée.

14

Grace régla l'indicateur lumineux de la porte sur « Ne pas déranger », se déshabilla et se blottit sous les draps. Il pleuvait des cordes, et l'eau ruisselait sur les baies vitrées.

Carter s'attarda au dîner avec Jonathon, et les tours étaient déjà plongées dans l'obscurité quand il arriva dans la chambre. Il vit Grace fermer les yeux pendant qu'il se déshabillait.

— Je sais que tu es réveillée, dit-il.

Elle ne répondit pas. Il se mit au lit et resta immobile dans la pénombre pendant une éternité.

— Tout à fait réveillée, insista-t-il dans le silence.

Il avait décidé de retourner dans la forêt dans l'espoir que ce serait bénéfique pour eux deux, mais du coup il risquait de la perdre. Comment lui expliquer qu'il ignorait ce qu'il trouverait là-bas ? Pire encore, qu'il craignait de rester exactement le même ? Renfermé, froid. Fantastique pour le sexe et l'argent, mais nul pour l'amour.

Elle finit par s'endormir. Il le sut parce qu'elle se blottit contre lui dans son sommeil. Il resta immobile, se demandant quel chemin il allait prendre dans la forêt. À chaque fois qu'il fermait les yeux, il avait l'impression de voler au-dessus de Kuala Lumpur ou de la forêt, à la recherche du banian ou d'un autre repère familier.

Je ne te remercie pas, Arif. S'il était possible d'ouvrir les fenêtres de la suite, il irait prendre ce maudit anneau dans le coffre et il le jetterait dehors. Carter ferma les yeux, mais il vit de nouveau son frère qui le regardait par-dessus l'épaule de leur mère. Sa petite main potelée se tendait vers lui... Carter se réveilla en sursaut.

Grace sentit la main de Carter sur son bras et elle eut le sentiment d'être trahie par son propre corps. Parce qu'il refusait de lui obéir alors qu'elle lui intimait de s'écarter, de tourner le dos...

— Tu me mens, dit-elle dans l'obscurité. Je ne sais pas à quel sujet, je sais juste que tu me mens.

— Grace...

Il ne nia pas. Il se contenta de la réduire au silence en employant le moyen le plus efficace dont il disposait. Pour la première fois, elle se sentit coupable d'adorer qu'il l'embrasse. Mais pas assez coupable pour interrompre son baiser. C'était une solution temporaire, certes, mais pourquoi se priver de l'apaisement qu'elle lui procurerait ? Elle répondit à son baiser comme s'ils étaient des amants réunis après des mois de séparation. Quand il la renversa sur le dos, le corps en feu, elle dut faire appel à toute sa volonté pour réprimer son impatience pendant qu'il enfilait un préservatif. Puis elle gémit de soulagement quand il s'enfonça en elle.

Les yeux fermés, chacun évitant le regard de l'autre, ils mirent un instant leurs tourments de côté pour céder au désir qui les consumait.

— Grace...

Il s'abandonnait comme jamais, elle le sentait. Ils étaient en train de franchir de nouvelles limites. Et il faisait d'elle une maîtresse très bruyante. Mais jamais, jamais, elle ne lui avouerait la vérité. Elle nierait en le regardant dans les yeux que c'était de l'amour.

15

Grace fut réveillée par le bruit du fermoir de la montre de Carter. Signal qu'il était sur le point de partir. Elle se retourna et le regarda nouer sa cravate.

Il lui jeta à peine un coup d'œil.

— Le conseil nous a rappelés à Janana.

— Quand reviendras-tu ?

— Je ne sais pas.

— Je ne suis plus sûre de vouloir ce mariage. Je ne pense pas que je vais pouvoir faire semblant pendant un an.

À sa grande surprise, il s'assit sur le lit et lui prit la main.

— Tu devrais avoir reçu la dernière version du contrat sur ton téléphone. Vérifie.

Elle consulta ses messages.

— Oui, je l'ai reçue.

— Relis-la. Si tu la signes, nous choisirons une date dès mon retour.

— Je ne sais pas...

— Attends mon retour, d'accord ?

Il lui pressa la cuisse à travers le drap.

— Nous pouvons passer une année fantastique ensemble.

Il plongea son regard dans le sien, puis il captura sa bouche dans un baiser furtif.

— Il faut que j'y aille.

— J'espère que le conseil approuvera le projet.

Il lui sourit, puis il s'en alla. Elle soupira. Il faudrait qu'elle se lève, qu'elle prenne une douche, puis qu'elle aille dans une pharmacie pour acheter un test de grossesse.

Quand elle revint à l'hôtel avec son test, elle attendit que le service d'étage ait fini le ménage avant d'oser s'enfermer dans la salle de bains. Elle ressortit quelques minutes plus tard et se mit à faire les cent pas en attendant le résultat. Son regard se posa sur les étagères situées près de l'entrée, et elle se figea. Carter avait oublié ses plans. Elle prit son téléphone pour lui envoyer un texto, mais elle se rappela le soin avec lequel il veillait sur son étui cylindrique à Bornéo. Comment pouvait-il l'avoir oublié ?

Elle composa son numéro. Sans surprise, ce fut Mme Hill qui répondit.

— J'ai besoin de parler à Carter.

— M. Bennett n'est pas disponible, mais je peux lui transmettre un message.

— Il est parti sans ses plans.

— Je le lui dirai.

Grace raccrocha et alla vérifier le contenu du coffre. Son passeport n'était plus là... et le pochon noir non plus ! Elle sentit la panique la gagner. Dans deux jours, c'était l'anniversaire de la disparition de sa famille, et il voulait que l'anneau de dentition retrouve sa place dans la forêt. Il lui avait menti. Il n'était pas parti pour Janana. Il avait décidé de retourner dans la forêt. Les mains tremblantes, elle téléphona au lodge. Le bureau d'Arif ne répondit pas. Elle appela Felicity.

— Arif est à une conférence, expliqua celle-ci d'un ton enjoué. Il devrait être de retour ce week-end.

— Vous êtes sûre qu'il est bien à une conférence ?

— Il est le conférencier invité. Alors j'espère que oui !

— Et Carter ne doit pas l'y retrouver ?

— Pas que je sache.

Carter avait décidé d'aller seul dans la forêt !

Les jambes tremblantes, Grace s'assit sur le lit. Elle n'avait pas le moindre doute. Carter allait rapporter l'anneau de dentition dans la forêt. Seul. Sans la prévenir ni avertir Arif. Parce qu'il y avait des souffrances si intimes qu'on ne pouvait les affronter que seul. Elle-même n'avait-elle pas longtemps caché à Violet ce qui était en train d'arriver à sa mère ? Non, même si elle était prête à le rejoindre, elle ne pouvait pas accompagner Carter dans la forêt. Il ne le voudrait pas. Et elle ne pouvait rien contre ça.

Mais elle pouvait aller l'attendre. Pour être là à son retour.

L'autre problème en suspens avait été momentanément oublié, mais il lui revint en mémoire. Étrangement calme, elle retourna dans la salle de bains. Elle en ressortit tout aussi calme. Oui, elle allait être mère. Carter ne voulait pas devenir père, mais elle le lui annoncerait quand même de vive voix. Il était temps aussi de lui dire qu'elle l'aimait. Même s'il ne voulait pas d'elle.

Ils méritaient de se quitter dignement.

16

Carter aurait pu passer par le fleuve et lancer l'anneau de dentition sur la rive depuis le bateau, à l'abri de tout danger. Il n'en avait jamais eu l'intention.

Il avait choisi la voie la plus longue. Il était parti à l'aube de la propriété de son grand-père pour prendre le chemin qu'Arif et lui avaient si souvent emprunté quand ils étaient enfants. La chaleur était étouffante, la végétation très dense… et chaque pas le rapprochait d'un lieu où il s'était pourtant juré de ne jamais remettre les pieds. Malgré tout, alors qu'il approchait du but, son pas s'accéléra de lui-même. Il ne s'était pas trompé, constata-t-il en arrivant en vue des mangroves. Même s'il avait évité cet endroit pendant des dizaines d'années…

Il n'aurait pas dû venir. C'était une erreur. La faim commençait à se faire sentir. Il ramassa un mangoustan, le regarda, le jeta. Non, il n'aurait plus jamais faim à ce point… Par moments, la chaleur et la végétation faisaient de chaque pas supplémentaire un combat. Sa chemise était déchirée, une branche lui avait griffé la joue. Il saisit sa gourde et but une gorgée d'eau. Il était seul au cœur de la forêt, mais il n'avait aucune raison d'être oppressé. Autrefois, celle-ci était leur terrain de jeu à Arif et à lui. Ils s'aventuraient souvent beaucoup plus loin qu'ils n'en avaient l'autorisation. Cependant, ils s'arrêtaient toujours au même endroit. Arif tendait le bras pour signaler la limite à ne pas franchir. De son côté, il protestait. « Le fleuve est tout près… » Il se disait que sur la rive ils pourraient trouver quelqu'un qui les ramènerait chez eux en bateau. À chaque fois, Arif indiquait la direction de la mangrove toute proche. « Danger mortel. »

Comment son père avait-il pu être assez inconscient pour s'aventurer jusque-là avec deux enfants ? Comment avait-il pu laisser sa femme entrer avec son bébé dans l'eau infestée de crocodiles marins ? Le soleil se couchait quand sa mère avait dit qu'elle voulait prendre en photo le petit martin-pêcheur perché sur une branche.

Carter promena son regard sur la mangrove. Tendu à l'extrême, il tentait de se cuirasser contre la souffrance tandis que les souvenirs affluaient, plus nombreux et plus précis qu'ils ne l'avaient jamais été. Sa mère avait de l'eau jusqu'aux genoux et tout à coup elle avait disparu, comme si elle était tombée dans un trou. Quand elle s'était redressée presque aussitôt, il avait éprouvé un soulagement intense. Puis il y avait eu comme un remous, et il avait entendu le cri de son père : « Sophie ! »

Comme vingt-sept ans auparavant, Carter se figea, glacé d'horreur. Sa mère avait de nouveau disparu. En dehors du cri de son père, il n'avait entendu aucun bruit. Il aurait pourtant dû en entendre d'autres, non ? La surface de l'eau était redevenue lisse, calme. Luttant contre la panique, il était entré dans l'eau... plongeant les mains dedans... criant à son père de venir l'aider... Mais son père était lui aussi dans l'eau. Flottant sur le ventre à la surface, immobile... Il l'avait supplié de se réveiller. « Papa, il faut retrouver Hugo ! » « Hugo... ! Ulat... ! » Sa main s'était refermée sur quelque chose. Il avait tiré avec frénésie. Ce n'étaient que des racines. À cet instant, il avait senti les premiers frémissements de colère. Une colère sourde contre son père incapable de l'aider à retrouver son frère. Contre sa mère cédant à un caprice sans penser à la sécurité du bébé blotti contre sa poitrine dans son écharpe. Il savait déjà confusément que sa mère était morte, mais il voulait croire que Hugo avait pu glisser hors de l'écharpe, qu'il allait réapparaître. Il avait jeté un coup d'œil à son père, toujours étendu sur le ventre les bras en croix. C'était à cet instant que la réalité s'était imposée à lui. L'eau était infestée de crocodiles. « Danger mortel. » L'instinct de survie et le souvenir des paroles d'Arif l'avaient fait réagir. Il avait regagné la rive en continuant d'appeler Hugo, mais sans illusions. Hugo était mort. Son père et sa mère étaient morts. Ils étaient morts tous les trois. Il n'avait pas pleuré, pas crié. Il ne s'était pas effondré. Il n'était pas parti en courant chercher de l'aide. Il avait erré, hébété, anesthésié par l'immensité de la perte qu'il venait de subir. Il s'était enfoncé dans la forêt, parcourant des kilomètres sans s'en rendre compte jusqu'au jour où Bashim l'avait retrouvé.

Le cœur de Carter battait à grands coups. Il ne restait plus qu'une seule trace de l'existence de Hugo. Il sortit l'anneau de dentition de sa poche. Pour la première fois, il effleura du bout des doigts les minuscules marques de dents. Et il versa enfin les larmes qui n'avaient jamais voulu couler jusque-là. Ce flot libérateur le réconcilia avec le passé. Et lui ouvrit les yeux sur le présent. Il remit l'anneau de dentition dans sa poche.

L'amour était revenu dans sa vie, malgré tous ses efforts pour nier son existence.

17

— *Selamat.*

Arif salua Carter alors que le jour s'apprêtait à poindre.

— *Selamat*, répondit Carter. Je croyais que tu étais absent.

— J'ai entendu dire que tu étais de retour.

Par amitié, Arif avait alors annulé tous ses engagements.

— Tu dois avoir faim.

Carter hocha la tête. Il était resté vingt-quatre heures dans la forêt et il s'était de nouveau nourri de mangoustans. Cette fois, les fruits n'étaient pas pourris, mais ils n'étaient pas plus nourrissants pour autant. Il fit honneur au plat préparé par Malay, reconnaissant envers son ami de ne pas lui poser de questions sur son pèlerinage dans la forêt. Quand il eut terminé, Arif déclara :

— Tu as laissé tes plans à l'hôtel. Grace a appelé tout le monde.

Carter soupira. Il allait devoir inventer une explication plausible... Non. Il allait lui dire la vérité. Tout simplement.

— Elle dort, ajouta Arif.

— Qui ?

— Grace. Mon frère est allé la chercher à l'aéroport hier soir. Aujourd'hui elle a passé la journée à tourner comme une lionne en cage, plaisanta Arif. Je lui ai conseillé de se reposer en la prévenant que tu ne serais peut-être pas de retour avant demain.

— Grace est vraiment ici ?

— Dans ta chambre.

Incrédule, Carter se rendit dans son aile de la propriété. Il monta l'escalier, prit le couloir et ouvrit la porte de sa chambre le cœur battant. Oui, Grace était bien là, allongée dans son lit sous le ventilateur en marche. Il n'arrivait toujours pas à croire qu'elle l'avait suivi jusqu'ici. Qu'elle l'attendait chez lui… Mais était-ce si surprenant ? Après tout elle l'aimait. Il le savait.

— Grace…

Il s'assit sur le lit et posa la main sur son épaule.

— Grace…

Elle ouvrit les yeux, puis la bouche, mais elle ne dit rien. Elle se contenta de nouer les bras autour de son cou et de se blottir contre lui.

— Je croyais que tu étais mort…

— Ça ne t'empêchait pas de dormir, apparemment, plaisanta-t-il. À moins que tu te sois évanouie d'angoisse ?

— Ce n'est pas drôle ! s'exclama-t-elle en s'écartant de lui. Tu m'as menti !

— J'ai été obligé.

Grace voulut protester, objecter qu'on n'était jamais obligé de mentir, mais Carter la rejoignit dans le lit. Étant donné que c'était le sien, difficile de le chasser… Autant en profiter pour lui dire enfin ce qu'elle était venue lui avouer.

— Carter, je sais que tu n'as pas envie de l'entendre, mais je veux que tu saches que je t'aime. Et maintenant que tu le sais, je peux te dire au revoir sans regrets.

— Pourquoi venir jusqu'ici pour me dire au revoir ?

— Parce que c'est important de se quitter dignement.

— D'accord, mais pourquoi se quitter ?

Allongé sur le dos, Carter huma le parfum délicieusement frais de Grace.

— Moi aussi, je dois te parler. Si je t'ai menti, c'est parce que je voulais éviter que tu insistes pour m'accompagner. Il fallait que j'y aille seul, pour faire le point. Ça m'a permis de découvrir que je n'en veux pas à mes parents et que je ne hais plus cet endroit.

Mais si je ne voulais pas que tu m'accompagnes, c'est surtout parce que j'avais peur.

— De quoi ?

— De perdre de nouveau quelqu'un que j'aime.

Un de ses sourires radieux illumina le visage de Grace.

— Tu m'aimes ?

— Depuis l'instant de notre rencontre.

Elle arqua les sourcils.

— Ce ne serait pas plutôt depuis la nuit où nous sommes venus ici ?

— Non, depuis l'instant de notre rencontre, insista-t-il. Une force étrange m'a poussé vers toi… m'a obligé à ramasser ton passeport, alors que j'avais décidé que ce n'était pas mon problème. C'était déjà de l'amour, je le sais.

Grace posa la tête sur le torse de Carter, le cœur gonflé de joie. Il l'aimait… La sincérité dans sa voix, la ferveur de son baiser, la tendresse de ses bras autour d'elle ne laissaient aucun doute. Elle laissa échapper un petit soupir d'aise, mais tout à coup une bouffée de panique rétrospective l'assaillit.

— Tu aurais pu mourir ! Même Arif était inquiet.

Carter secoua la tête.

— Grace, j'étais mort depuis presque trente ans. Je n'avais pas ressenti la moindre émotion depuis que mes parents et mon frère avaient disparu sous mes yeux.

À présent, il était redevenu sensible et son cœur débordait d'amour… Il souleva la main de Grace et regarda sa bague. Dire qu'elle avait choisi la bague la moins chère de toutes… C'était tout à fait elle.

— Plutôt des lucioles que des diamants ?

— Sans hésitation.

— Es-tu d'accord pour qu'on se marie ? Juste pour nous. Pas pour la forêt ni pour ta mère. De toute façon, quelle que soit ta réponse je veillerai à ce que ta mère bénéficie des meilleures conditions de vie possibles. Et j'attaquerai Benedict en justice pour l'empêcher de nuire à la forêt. Si j'ai envie qu'on se marie, c'est parce que je t'aime et que tu m'aimes.

— En aurais-tu toujours envie si je te disais que je suis enceinte ?

— Absolument ! Tu es enceinte ?

— Oui. Tu es vraiment sûr de toi ?

— Seras-tu rassurée si je te dis que je suis très doué pour m'occuper des bébés ?

Devant la mine perplexe de Grace, Carter expliqua :

— Je m'occupais tout le temps de Hugo. C'était le soleil de ma vie. Nous n'arrêtions pas de rire, de chanter...

Il lui tendit l'anneau de dentition.

— Je l'adorais... Il était rayonnant de joie. Et bientôt nous aurons notre Ulat à nous.

Grace caressa l'anneau avec un sourire attendri.

— À partir de quand pouvons-nous nous marier ?

— Je ne connais pas la réglementation en vigueur en Angleterre. Je vais demander à mon assistante.

— Non, je pensais à ici.

— Vingt et un jours après la demande de dossier.

Elle fit un rapide calcul.

— C'est aujourd'hui ! Nous pouvons nous marier aujourd'hui.

Épilogue

Ce serait une petite cérémonie, suivie d'une réception à Londres quelques semaines plus tard. Du moins, c'était ce qui était prévu.

Grace choisit une robe en lin « sable » à fines bretelles, qui faisait partie de la garde-robe conseillée par la relookeuse. Il fallait reconnaître qu'elle était parfaite pour l'occasion et très agréable à porter. Elle entreprit de relever ses cheveux malgré ses doigts tremblants, mais heureusement Malay arriva et l'aida à confectionner un chignon lâche auquel elle épingla une jacinthe d'eau.

— Tout est prêt, dit-elle avec un sourire chaleureux. C'est très romantique de se marier au coucher du soleil.

— C'est vrai… Je dois juste dire quelques mots à quelqu'un d'abord. J'en ai pour une minute.

— Violet…

— Grace ! Tu es… Oh ! mon Dieu, Grace, ne me dis pas que tu te maries ? Je ne sais même pas son nom ! Franchement…

— Violet, coupa Grace avec un sourire affectueux. Je t'aime, et nous organiserons une réception à Londres dans quelques semaines.

— Oh ! Grace… Je serai là.

— Je sais. Je t'aime, Violet.

Grace quitta la chambre et descendit l'escalier. Jamal l'attendait en bas des marches, vêtue d'une robe rose pâle. Elle lui tendit un petit bouquet de fleurs.

— Ne sois pas nerveuse.

— Je ne le suis pas... Enfin, peut-être un peu, reconnut Grace en portant la main à son cœur.

Elles se dirigèrent vers l'ancienne salle de bal, mais elle était vide. Grace plissa le front. Carter n'était pas là ?

— Ton futur mari t'attend dehors, dit Jamal avec un sourire en indiquant la porte-fenêtre grande ouverte.

Grace sortit et resta bouche bée. La piscine et l'allée étaient éclairées par des lanternes, et des guirlandes lumineuses clignotaient dans les arbres. Jamal la conduisit jusqu'à l'imposant banian, sous lequel l'attendait Carter. Il était très aimé, visiblement. Parce que ça n'avait rien d'une petite cérémonie ! De nombreux Ibans du voisinage étaient venus, et il y avait même un petit groupe de musiciens.

— Comment as-tu fait ? demanda Carter avant de l'embrasser. Tu voyages avec une robe de mariée dans tes bagages ? Ou avec une baguette magique ?

Elle pouffa, et ils s'embrassèrent encore.

— Tu es splendide, ajouta-t-il avec un regard éperdu.

Et lui, il était l'homme le plus heureux du monde, songea-t-il. Après presque trois décennies d'anesthésie générale, il n'aurait jamais pu imaginer être entouré d'autant d'amour. Ni être de nouveau charmé par ce lieu qu'il avait abhorré. Le banian majestueux, les parfums qui flottaient dans l'air, la lune qui montait dans le ciel, les bruits de la forêt... Impossible de trouver décor plus enchanteur pour s'unir à la femme de sa vie.

Le célébrant souhaita la bienvenue à tout le monde en anglais et en iban. Carter se chargea de la traduction, puis il inspira profondément.

— Bashim, le père d'Arif, va dire quelques mots, expliqua-t-il à Grace en regardant son ami aider son père à prendre place face à l'assistance.

Quand l'homme qui l'avait recherché sans relâche dans la forêt pour le ramener chez lui prit la parole, il traduisit d'une voix rauque :

— Personne n'est jamais perdu ici… Les âmes des disparus demeurent parmi les vivants.

Il pressa la main de Grace, qui pressa la sienne.

— *Gotong royong*, répéta-t-il après Bashim avant de traduire. La vie est plus légère quand nous partageons le fardeau.

Puis il prit la parole à son tour.

— Grace… Ce matin, quand j'ai vu le soleil se lever sur la forêt, j'ai su que je voulais passer le reste de ma vie avec toi. À mon retour, en te trouvant ici en train de m'attendre, j'ai reçu le plus beau cadeau de ma vie. Je t'aimerai jusqu'à la fin de mes jours.

— Carter… Je t'aime depuis l'instant où tu m'es apparu quand j'ai ouvert les yeux à l'aéroport, et je ne cesserai jamais de t'aimer.

Rien ne pourrait lui faire oublier cette vision, accompagnée du sentiment confus que l'inconnu qui venait de la réveiller entrait dans sa vie pour toujours.

Vous avez aimé ce roman ?
Découvrez la suite de votre série « Innocentes séductrices »
dès le mois prochain dans votre collection Azur !